Layla

A MENINA SÍRIA

Cassiana Pizaia
Rima Awada Zahra
Rosi Vilas Boas

Ilustrações de
Veridiana Scarpelli

© Editora do Brasil S.A., 2018
Todos os direitos reservados
Texto © Cassiana Pizaia, Rima Awada Zahra e Rosi Vilas boas
Ilustrações © Veridiana Scarpelli

Direção-geral: Vicente Tortamano Avanso

Direção editorial: Felipe Ramos Poletti
Supervisão editorial: Gilsandro Vieira Sales
Edição: Paulo Fuzinelli
Assistência editorial: Aline Sá Martins
Auxílio editorial: Marcela Muniz
Coordenação de arte: Maria Aparecida Alves
Produção de arte: Obá Editorial
Design gráfico: Carol Ohashi
Supervisão de revisão: Dora Helena Feres
Revisão: Elis Beletti e Maria Alice Gonçalves

Dados Internacionais de Catalogação na Publicação (CIP)
(Câmara Brasileira do Livro, SP, Brasil)

> Pizaia, Cassiana
>   Layla, a menina Síria / Cassiana Pizaia, Rima
> Awada Zahra, Rosi Vilas Boas ; [ilustrações Veridiana
> Scarpelli]. -- São Paulo : Editora do Brasil, 2018.--
> (Mundo sem fronteiras)
>
>   ISBN 978-85-10-06805-5
>
>   1. Ficção juvenil 2. Refugiados - Síria -
> Literatura juvenil 3. Síria - História - Guerra
> civil, 2011- - Refugiados - Ficção - Literatura
> juvenil I. Zahra, Rima Awada. II. Boas, Rosi Vilas.
> III. Scarpelli, Veridiana. IV. Título V. Série.
>
> 18-17503   CDD-028.5

Índices para catálogo sistemático:
1. Ficção : Literatura juvenil   028.5
Maria Alice Ferreira - Bibliotecária - CRB-8/7964

1ª edição / 8ª impressão, 2025
Impresso na Gráfica Elyon

Avenida das Nações Unidas, 12901
Torre Oeste, 20º andar
São Paulo, SP – CEP: 04578-910
Fone: + 55 11 3226-0211
www.editoradobrasil.com.br

Layla – a menina síria é uma história de ficção baseada em fatos e experiências reais de refugiados sírios no Brasil e no mundo.

Somos profundamente gratas às pessoas que partilharam conosco sua trajetória.

Dedicamos este livro a elas e aos milhares de refugiados que atravessam as fronteiras do mundo em busca de dias melhores.

— Socorro! Socorro! Vamos morrer! — eu consegui gritar, apertando meus ouvidos com as mãos, toda encolhida embaixo da cama. O estrondo me acordou no meio da madrugada. Fiquei tão confusa que não consegui entender direito onde estava. Só pensava nos aviões e nas bombas que vinham do céu.

Eu podia sentir o cheiro da pólvora e da poeira invadindo tudo, já esperava as explosões, os primeiros gritos cortando o ar, o medo me invadindo enquanto eu escondia a cabeça entre os joelhos, tão apertados contra o peito que eu sentia meu coração bater acelerado entre eles.

Só tive coragem de abrir os olhos quando senti as mãos quentes de mamãe sobre as minhas.

— Está tudo bem, Layla, é só um trovão. Estamos no verão e nesta época sempre tem tempestade com raios e trovões. É só isso — ela me colocou de novo na cama e me abraçou.

Sim, eu já me acostumei com as chuvas de verão por aqui. Com as gotas gordas caindo pesadas, o frescor aliviando o calor nos dias mais quentes de um jeito diferente do lugar de onde eu vim. O som suave dos pingos batendo na janela me acalmam. Entendo que estou em meu quarto e percebo minha irmã dormindo tranquila na cama ao lado da minha.

Apesar disso, em algum lugar dentro de mim, eu ainda sinto medo.

A maioria dos meus novos amigos não sabe de onde eu vim e por que tivemos de fugir, deixando tudo para trás. Eu não gosto de conversar muito sobre esse assunto. Minha história é muito comprida e complicada para ficar contando. É também uma história muito triste e é difícil falar ou lembrar das coisas muito tristes.

Prefiro pensar na minha vida de antes. Sabe, eu tinha uma vida muito boa. Eu nem sabia que era boa, mas era. Às vezes, parece que a gente precisa perder o que gosta para perceber o quanto isso era importante. Antes, era só normal. E o normal era bom.

Foi por isso que, quando minha mãe me beijou e saiu do quarto, eu fechei os olhos e me lembrei das noites de verão em Alepo.

● ● ●

Allahu Akbar, Allahu Akbar... (Deus é grande, Deus é grande). O som ecoava das mesquitas, chamando os fiéis para a oração, enquanto o sol desaparecia na linha do horizonte. Fazia calor e estávamos todos na varanda.

Eu e meus primos tirávamos a casca rosada e devorávamos os grãos adocicados do pistache. Minha mãe nos dava copos de limonada de rosas e reclamava se deixávamos as cascas de pistache caírem no chão limpo da varanda.

Não sei em que momento minhas lembranças escaparam de mim e se misturaram aos sonhos, naquele lugar em que as memórias e os desejos da gente se encontram. Neste lugar, a vida seguia como tinha sido sempre em nossa antiga casa em Alepo. O lugar onde eu nasci, onde meus pais cresceram e onde meus avós e os pais dos meus avós viveram em paz.

Essa é a Síria que quero levar comigo. Não a Síria feia e destruída que vejo na televisão e na internet. O país que mora em mim é o lugar mais lindo do mundo, onde eu fui feliz até o dia em que o primeiro clarão iluminou o céu estrelado numa outra noite de verão, muito longe daqui.

• • •

Há algum tempo, a nossa televisão nova fica desligada na hora do noticiário. Acho que meus pais não querem que eu e minha irmã vejamos o que fizeram com a nossa terra, lá na Síria. Mas é difícil esconder todas as imagens. Quando olho para elas, quase não reconheço as ruas e as praças onde eu e meus amigos brincávamos.

A gente se divertia muito. Eu tinha amigos muito bons na escola e na minha rua. Amani, Mohammed, Raissa, Zahara. Não vejo nenhum deles há muito, muito tempo. Às vezes, quando conseguem sinal de internet, eles mandam fotos e mensagens.

Sei que estão diferentes. Nossas vidas seguiram por caminhos estranhos e complicados. Mas eu me lembro deles correndo nas ruas de pedra, rindo e falando sem parar na volta da escola. E, mesmo depois de tanto tempo, sinto uma saudade tão grande que chega a apertar o peito.

Acho que a gente precisa esquecer um pouco tudo isso para gostar mais da nossa vida de agora. Mas eu nunca me esqueço de Alepo, das coisas que eu vi quando tudo começou a dar errado. A partir dali, a vida que nós tínhamos antes foi sumindo, um dia depois do outro.

Acho que é por isso que Regina me diz que preciso contar esta história. Para entender melhor o que aconteceu na minha terra e parar de ter pesadelos com pessoas armadas atirando em outras pessoas, explosões, dor e morte.

Regina é minha professora de português. Quando cheguei à escola, ela começou a me ajudar fora do horário de aula me ensinando as letras e os verbos, que são muito diferentes no árabe, a minha língua. Eu vou escrever aqui para vocês verem como é:

Eu nasci na Síria انا ولدت في سوريا

Nosso alfabeto é bem diferente e nós escrevemos da direita para a esquerda, ao contrário do português, que é escrito da esquerda para a direita. Mas é uma língua muito bonita também.

De vez em quando, se tenho alguma dúvida, ainda procuro a Regina. Ela me serve um copo de limonada. O suco não tem perfume de rosas, mas também é muito bom e sei que ela faz para me deixar feliz.

Regina me pergunta muitas coisas: como era minha vida de antes, o que aconteceu durante a guerra, como cheguei ao Brasil. Ela me diz que essa é uma história muito importante, e que as pessoas precisam conhecê-la.

Eu gosto muito de escrever. Quando coloco no papel, as ideias ficam mais claras e eu consigo explicar melhor. Por isso, resolvi contar aqui o que aconteceu comigo desde o início. Todo dia, uma página. Começando naquela noite em que vimos a primeira bomba explodindo em Alepo.

● ● ●

Eu, meus pais e minha irmãzinha estávamos na varanda, como sempre acontecia quando fazia muito calor. A varanda era o nosso lugar preferido de casa, um apartamento no último andar de um prédio simples, parecido com os outros da nossa rua.

Alepo é uma cidade grande, com 4 milhões de habitantes, e era a mais importante do norte da Síria antes da guerra. Mas é bem diferente das grandes metrópoles aqui do Brasil.

Lá, todos os prédios são baixos. Quase não existem estes edifícios com muitos andares que a gente encontra aqui em São Paulo. Nós morávamos no quarto andar, que era o último. Nossa casa tinha uma sala espaçosa, com tapetes coloridos e macios, janelas grandes e aquela varanda de onde dava para ver o bairro inteiro e os outros que ficavam depois dele.

Aqui, no Brasil, as construções têm cores e tamanhos muito diferentes. Em Alepo não. Quando você olha do alto, parece que elas combinam umas com as outras. Quase todas são cobertas com pedras grandes e claras, com uma cor parecida com a terra da Síria. E ela tem esse jeito há muito, muito tempo.

Dizem que Alepo é uma das cidades mais antigas do mundo. Na escola, a gente aprende, desde o primeiro ano, que as primeiras pessoas viveram lá há mais de sete mil anos. Sete mil anos é muito tempo, você não acha? Mas a nossa cidade já existia naquela época.

Por isso, ela tem uma história muito comprida. Hititas, assírios, persas, gregos, romanos, egípcios, mongóis, turcos, árabes. Todos esses impérios poderosos que aparecem no nosso livro de História viveram na minha cidade e construíram um pedacinho dela.

Os árabes chegaram por último, mas isso também já faz tempo, mais de 1300 anos atrás. Foram eles que trouxeram a nossa língua e também a religião muçulmana. Em Alepo, a maioria de nós acredita nas palavras do profeta Maomé escritas no Alcorão, o livro sagrado, e reza nas mesquitas. Mas existem também muitos cristãos e pessoas de outras religiões.

O bairro de Salah al Din, onde eu morava, fica perto do centro, a parte mais velha e mais bonita da cidade, onde as ruas ainda são de pedra e estreitas como corredores no meio de paredes grossas e antigas.

Mas eu não pensava muito nisso. Todos aqueles povos e histórias estavam nas calçadas onde a gente corria, no tempero da comida, em tudo o que a gente via quando ia ao mercado. E, quando é assim, parece que as pessoas se misturam com as histórias e nem percebem mais que estão lá.

Naquela noite, e em muitas outras antes daquela, eu queria mesmo era saber dos pistaches.

As ruas de Alepo estavam cheias de árvores carregadas. A maior parte dos frutos só amadurece no final da estação. Era quando a cidade ficava mais alegre, com cachos rosados pendendo dos ramos sobre as calçadas e os quintais. Mas sempre tínhamos um estoque em casa para abrir em noites assim, de calor e lua cheia.

Comemos pistache aqui também, claro, mas os de Alepo são muito diferentes. Eles são tão bons que deram nome à cidade. Até hoje quando os árabes de todos os lugares querem comprar pistache muito bom, eles pedem: *Fuzdo Hallab*, que quer dizer "pistache de Alepo".

Entre um grão e outro, eu levantei os olhos e vi. Parecia um relâmpago, claro e rápido. E aquele clarão poderia passar por um deles, se a noite não estivesse limpa e o céu cheinho de estrelas. Segundos depois, ouvimos o barulho, um estouro surdo muito diferente de um trovão.

Os adultos pararam a conversa por um momento, depois ficaram agitados, podíamos ouvir as vozes nos andares de baixo, onde as famílias dos vizinhos também aproveitavam a noite. O que seria aquilo?

– Parece uma bomba – meu pai foi o primeiro a dizer.

– Como assim, uma bomba? Não, não pode ser – minha mãe falou baixinho, os olhos grandes e assustados.

A surpresa de minha mãe era a mesma de todos nós, que estávamos nas varandas de Alepo naquela noite. Nossa cidade era grande e bonita, tinha uma história longa, muitas fábricas, lojas, escolas, mesquitas e igrejas. Como poderia uma bomba chegar tão perto de nós?

Não, não poderia ser uma bomba. Talvez fosse mesmo um relâmpago e logo sentiríamos o vento fresco trazido pelas nuvens escondidas no horizonte. Sim, um relâmpago.

Hoje, acho que sei o que vi nos olhos de minha mãe naquela noite. Era o medo, o primeiro sinal de que algo muito ruim estava para acontecer. Porque ela, meus pais e até nós, crianças, sabíamos que a guerra já estava perto, muito perto.

● ● ●

Até os meus 10 anos, eu não sabia muito sobre o mundo. Só havia saído de Alepo uma vez, antes da guerra, no começo das minhas últimas férias normais de verão.

— Hoje vocês vão conhecer o mar! — disse meu pai, com olhos brilhando e um sorriso de menino, enquanto nos colocava no carro junto com sacolas de roupa e comida.

Algumas horas depois, estávamos em Lataquia, diante de um mar tão azul que parecia pintado com tinta. Quando a gente olha o mapa ou atravessa o Oceano Atlântico, como eu fiz depois, pode até parecer que o Mediterrâneo é só um lago bem grandão entre a Europa, a África e a Ásia. Mas o Mar Mediterrâneo foi, durante muitos e muitos anos, o centro do mundo, onde povos poderosos navegavam, faziam comércio e guerreavam.

Para mim, naquele dia, suas águas foram apenas o lugar onde Samir, meu primo mais velho, me ensinou a nadar. Eu tinha uma família grande, com vários tios e um monte de primos. Eles sempre estavam por perto e eu brincava com todos, mas Samir era o primo de que eu mais gostava.

Ele já tinha quase 17 anos e me ensinava muitas coisas. Andar de bicicleta, jogar bola, mergulhar bem fundo no mar. Tudo eu aprendi um pouco com Samir. Ainda lembro das risadas dele enquanto eu batia os braços e as pernas, tentando deixar a cabeça fora da água. "Você parece um ganso", dizia meu primo, enquanto me segurava, protegendo meu rosto das ondas do mar.

Na hora de ir embora, eu escolhi uma conchinha branca na areia e guardei no bolso do vestido. Eu estava muito feliz. E, vocês sabem, a gente sempre quer levar um pouquinho de felicidade no bolso.

Mas isso foi só uma vez. Tudo o que eu sabia do resto do mundo, que não fosse Alepo e Lataquia, eu ouvia dos mais velhos. Nos últimos tempos, meus pais falavam muito nos protestos que se espalharam em outros países que ficam perto e falam a nossa língua. Tunísia, Egito, Líbia, Bahrein. Às vezes, passando pela sala correndo, eu via as imagens de uma multidão na TV.

— O que eles querem, pai?

— Emprego, comida, liberdade — ele respondeu uma vez.

Depois, as imagens das multidões que queriam emprego, comida e liberdade foram sumindo e eu comecei a ver na tela muitos soldados, armas, bombas, confusão.

Até o dia em que vi o primeiro clarão e torci para que fosse só um raio; eu pensava que a guerra só acontecia na televisão.

Meu mundo era minha casa, a escola e as ruazinhas onde eu e meus amigos brincávamos de *lahuta*, parecido com o pega-pega aqui do Brasil.

— Você ouviu a bomba, Mohammed? — perguntei a meu amigo, na manhã seguinte, quando paramos para respirar.

— Ouvimos também. Parecia mesmo uma bomba, não é? Mas papai me disse que o problema será resolvido em menos de uma semana, que Alepo é uma cidade muito grande, o exército é forte e vai expulsar logo os grupos contrários ao governo.

O pai de Mohammed era um homem muito bom e respeitado. Ele tinha uma família grande, morava no centro antigo com os quatro filhos e tinha uma loja em um dos maiores *souks* de Alepo.

Os *souks* são mercados muito antigos, comuns em grandes cidades árabes. Eles funcionam em ruas cobertas, como se fossem grandes túneis, com paredes e teto de pedra, em que se vende todo tipo de mercadoria.

Em Alepo, os *souks* pareciam um labirinto. Eram tão grandes que você até podia se perder lá dentro. Dizem que o coração da cidade bate no *souk*, e minha família gostava de passear lá. Papai e mamãe compravam temperos, frutas, roupas e conversavam com amigos e comerciantes do mercado.

Eu e Mohammed nos perdíamos entre as lojinhas de comida: milho cozido, *kaak bi semsom*, que é uma bolacha com gergelim, e potes de *mhalabiye*, um manjar feito com leite e água de rosas. Mas o que mais gostávamos era de tomar sorvete de pistache batido na pedra. Até hoje, quando penso em Alepo, sinto o gosto doce e gelado do sorvete de pistache na boca.

Depois, quando ouvíamos o chamado para a oração, meu pai nos levava para a mesquita. Lá dentro, eu costumava olhar para cima, para todos aqueles desenhos feitos com pedrinhas de mil cores e letras bonitas com trechos do Alcorão.

Do lado de fora, havia um pátio grande e quadrado, onde dava para correr e brincar. E uma torre gigante, que chamamos de minarete, com quase mil anos de idade.

Acima de tudo isso, numa colina coberta por muralhas de pedra, ficava o Castelo. Sim, nós tínhamos um castelo. Não destes que aparecem nos contos de fadas. Um de verdade, construído há 1700 anos. Hoje, só uma parte dele está em pé, mas o Castelo, que alguns chamam de Cidadela de Alepo, era a marca da minha cidade, um cartão-postal, que os turistas gostavam de visitar e onde a gente se divertia na primavera.

O pai de Mohammed se chamava Hassan, mas todo mundo o chamava de Abu Galib. Galib era o filho mais velho dele, irmão de Mohammed, e *abu* significa "pai", em árabe. É um costume nosso chamar os pais assim.

Abu Galib era ourives, uma profissão muito antiga e tradicional no Oriente Médio. Ele mesmo fabricava e vendia as joias numa das lojas mais bonitas do mercado. Eu adorava ver as vitrines brilhantes com correntes, braceletes e anéis enfeitados com diamantes, esmeraldas, rubis e outras pedras preciosas. Ficava tudo ali, para os fregueses escolherem, e ninguém tinha medo de ladrão. Mas nisso eu não pensava naquela época porque a Síria era um lugar muito seguro e tranquilo.

Abu Galib trabalhava ali há muitos anos e, antes dele, seu pai e seu avô também haviam sido comerciantes do *souk*. Por isso, ele tinha muitos amigos e sabia de muitas coisas. Meus pais costumavam conversar com ele sempre que precisavam de um conselho. Na Síria, ainda é comum as pessoas procurarem os mais velhos e sábios para pedir conselhos.

Naquela sexta-feira, ele repetia o que tinha dito para Mohammed:

— Logo, isso tudo vai acabar, estes grupos armados não têm força para enfrentar o exército da Síria.

Era o que todo mundo pensava, eu acho. Mas, daquela vez, até Abu Galib estava errado.

● ● ●

Antes que eu pudesse voltar ao mercado e tomar outro sorvete de pistache, eles já estavam em Alepo.

À noite, os clarões começaram a brilhar cada vez mais perto. Nas primeiras vezes, o som ainda demorava um tempinho pra chegar, como os trovões, que a gente sempre ouve um tempo depois que viu o relâmpago. Mas o intervalo entre a luz e o barulho foi ficando cada vez menor, até que, de repente, não havia mais diferença alguma.

Pode ser que eu fosse pequena demais para perceber aquelas pessoas estranhas se misturando aos vizinhos e conhecidos. Pode ser que eu tenha até esbarrado em um deles sem saber durante a *lahuta*. Ou pode ser que todos tenham chegado escondidos pela escuridão, numa noite sem lua e sem estrelas.

Eu só sei que, uma noite, eu acordei com tiros e bombas explodindo muito perto da minha casa.

— Mama, mama! — chamei, assustada, sem entender muito bem que a guerra havia chegado ao meu bairro.

— Tudo bem, filha, já vai passar — disse minha mãe tentando me acalmar. Mas não passou.

Pela manhã, não pude ir à escola sozinha. Meu pai estava muito nervoso, disse que precisava me levar porque havia pessoas armadas nas ruas, que era preciso ter muito cuidado para não se machucar.

Nosso bairro sempre foi tranquilo e as crianças podiam sair sozinhas para a escola. Os amigos iam se juntando na calçada, formando grupinhos na ida e na volta. Mas, naquele dia, não houve conversas nem brincadeiras pelo caminho. Em cada esquina, víamos homens armados com roupas de guerra e todo mundo tentava passar o mais rápido que podia.

Até hoje não consigo explicar direito quem eram eles e o que queriam. Havia vários grupos diferentes lutando em Alepo e em outras partes da Síria. Era muito difícil distinguir um do outro. A única coisa que eu tinha certeza era de que todos queriam derrubar o governo do presidente Bashar al Assad.

Na escola, as crianças estavam agitadas. Eu era aluna de uma escola muito boa. Tão boa que vinham alunos também dos outros bairros próximos para estudar nela.

Zahara, por exemplo, morava em Bustan Al Qasr, do lado leste de Alepo, Raissa e Mohammed viviam no centro, e Amani vinha de Al Midan, um bairro cristão.

Em Alepo, muitos bairros parecem outra cidade, com os próprios costumes, jeito de rezar e até de vestir e comer. Isso acontece porque muitos povos diferentes se mudaram para lá nas últimas décadas. Vieram curdos, libaneses, palestinos, muitos deles fugindo de guerras ou perseguições em outros lugares. E eles gostam de morar perto uns dos outros.

Os avós de Amani saíram da Armênia, um lugar muito antigo, para não serem mortos pelos soldados do Império Otomano, um grande reino que mandou em todo o Oriente Médio durante centenas de anos. Eles construíram em Alepo uma igreja só deles, uma igreja cristã.

Há muitas igrejas cristãs na Síria. Tem a Igreja Apostólica Armênia, a Igreja Greco-Ortodoxa, a Igreja Católica Siríaca e outras. Amani me explicou que essas igrejas se separaram há muito tempo, têm rituais e línguas diferentes, mas todas seguem o que Jesus Cristo ensinou e está na Bíblia, o livro sagrado deles.

Muita gente acha que os muçulmanos e os cristãos não se dão bem, mas não é verdade, pelo menos no meu país. Para nós, Jesus Cristo também é especial, um profeta que ensinou muitas coisas importantes.

Um dia, eu fui à igreja de Amani e gostei muito das pinturas coloridas, do perfume doce de incenso, dos cantos tão bonitos que dava para fechar os olhos e fingir que estava no paraíso.

Os avós de Raissa vieram da Palestina. Eles saíram de lá depois que criaram o Estado de Israel. Houve uma guerra e milhares de palestinos tiveram que fugir. Isso começou há 70 anos, mas até hoje eles sonham em voltar. Muitos ainda vivem com os filhos e netos em campos de refugiados, que são lugares feitos para abrigar as pessoas que precisaram fugir de seu país.

Hoje, há muitos sírios vivendo em campos de refugiados. Espero que eles não demorem tanto assim para voltar para a casa.

Eram histórias muito diferentes, mas isso nunca atrapalhou nossa vida em Alepo. Nós brincávamos juntos e nossas famílias se conheciam há muito tempo.

Naquele dia, minhas amigas só falavam sobre os grupos armados que estavam ocupando as ruas de nossa cidade.

— Eles atiraram nos soldados do governo. Depois, fecharam a minha rua — contou Raissa. — Só deixaram um pedaço bem pequeno da calçada para a gente passar.

Raissa costumava ser muito alegre e brincalhona, mas naquela manhã estava muito séria e tinha os olhos inchados, como se tivesse chorado.

— Meu pai disse que os grupos armados chegaram muito rápido. Os soldados do governo eram poucos e tiveram de fugir. Mas o governo vai mandar um exército mais forte, e também aviões — explicou Zahara.

De todos nós, Zahara era a menina que tirava as notas mais altas, que mais gostava de ler e estudar. Ela também costumava ver notícias na internet com o pai, que era médico, e me contava muitas coisas.

— Muitos soldados que desertaram do exército do governo estão agora no Exército Livre da Síria, um grupo armado de oposição. Mas há muitos outros. Eles ocuparam uma área muito grande no norte da Síria e acham que vão ganhar a guerra se vencerem o governo aqui. Todos estão chamando a luta em nossa cidade de "Batalha de Alepo" — explicava Zahara.

Eu queria saber mais e todos os alunos tinham alguma coisa para contar. Mas nossa professora fechou a porta da sala e pediu para a gente ficar quieto. Ela disse que estávamos seguros, que ela precisava terminar de explicar uma lição de Matemática e teríamos prova na semana seguinte.

Nós paramos de falar. A professora se virou e começou a escrever os números na lousa. Eu ouvia a voz dela explicando uma conta de dividir, quando ouvimos o estrondo.

O barulho foi tão forte que ela deixou cair o giz e colocou as mãos na cabeça. Parecia que as paredes e o chão da sala haviam se mexido. O que quer que fosse aquilo, tinha explodido muito perto de nós.

Olhei pela janela: uma nuvem de poeira e fumaça se levantava do outro lado da rua. Algumas pessoas correram em direção a ela, outras gritavam pedindo ajuda. Um homem saiu correndo com uma mulher nos braços, o rosto dela estava coberto de sangue.

Aquele monte de pedras e ferro retorcido, que as pessoas remexiam desesperadas, era a padaria do senhor Ibrahim. Eu costumava ir lá quando saía da escola. Todos os dias, no fim da tarde, as pessoas chegavam para comprar pão quentinho. Eu gostava de olhar para todos aqueles pães assando dentro do forno enorme. Ficava um tempão sentindo o cheirinho gostoso e depois ia para casa com o calor do pão na palma das mãos.

A poeira ainda não havia abaixado quando começaram os tiros. Não dava pra saber de onde vinham, nem quem estava disparando. Eu olhei para a sala e vi meus colegas em pânico, muitos abaixados atrás das carteiras, alguns choravam. A professora gritava:

— Venham! Rápido, rápido! — tentando levar todo mundo para fora.

Nem sei quanto tempo ficamos ali, encolhidos no corredor, esperando que aquela chuva de bombas e balas parasse. Vi Zahara e Raissa abraçadas num canto. Amani estava ao meu lado, com os olhos fechados e as mãos nos ouvidos. Eu a abracei também.

— Nós vamos morrer, nós vamos morrer... — ela me disse, baixinho, me apertando muito, como se assim, juntas, ficássemos mais fortes, um tiquinho que fosse.

Ouvimos um avião, depois outra explosão mais distante, o som das metralhadoras. A imagem do senhor Ibrahim aparecia na minha mente. Os escombros. O sangue. Os gritos. Só saímos três horas depois, quando os tiros diminuíram e nossos pais chegaram. Estavam todos muito assustados e saíram às pressas, com medo de novos bombardeios.

Não fui à escola no dia seguinte nem nos outros dias depois daquele. Mamãe disse que o exército do governo jogava bombas de aviões e helicópteros nos grupos armados, mas elas estavam caindo também nas escolas e nas casas das pessoas.

● ● ●

Pela TV, soubemos que a guerra se espalhava por Alepo. Nos dias seguintes, os combates chegaram ao centro, onde moravam Mohamed e Raissa, e também aos bairros de Amani e Zahara. Eu pensava nos meus amigos, mas não podia ir até a casa deles. Muitas ruas estavam bloqueadas, havia atiradores por todos os lados.

O escritório de papai ficava bem perto de casa, mas agora estava fechado. Ele era engenheiro e trabalhava construindo casas para as pessoas. Mas não havia mais clientes nem obras, e os funcionários não podiam trabalhar. Sair de casa era cada vez mais perigoso. Até comprar comida ficou difícil porque muitos comerciantes fecharam as lojas.

Soube que, depois da explosão e da morte do senhor Ibrahim, a família inteira dele saiu de Alepo. Foram para a casa de parentes em outra parte da Síria.

Muitas outras famílias fugiram nos dias seguintes. As pessoas saíam de carro, de ônibus, pegavam carona em caminhões. Deixaram tudo para trás e seguiram para o Líbano, a Jordânia e a Turquia, os países que ficam mais perto da Síria.

A fronteira da Turquia era a mais próxima e parecia fácil de atravessar. Mas era também um caminho perigoso. Grupos armados tinham tomado a estrada e escolhiam quem podia passar.

Um amigo do meu pai disse que muitas fábricas de Alepo estavam sendo saqueadas. Os bandidos aproveitavam a guerra, tiravam as máquinas, as peças e levavam tudo pela fronteira turca. Os proprietários que resistiam eram mortos.

Mesmo assim, meu pai pensou em nos levar para a Turquia. Mas mamãe disse "não". Não queria sair assim, sem saber direito aonde ia chegar. Minha irmãzinha Naiara tinha só 2 anos. Ela chorava muito desde que os bombardeios começaram. Eu tinha vontade também, mas chorava escondido para não deixar minha mãe ainda mais triste.

Ela fechou as cortinas e empurrou as camas e o sofá para perto da parede, longe das janelas. Passamos a dormir no chão, com medo que os vidros quebrassem ou os atiradores nos vissem dentro de casa.

Sabíamos que eles estavam nos prédios, escondidos nos andares altos e atirando lá de cima. Enquanto isso, as bombas continuavam vindo. Eram tantas que parecia, às vezes, que elas estavam caindo uma em cima da outra.

— Saia de perto da janela, Layla! — minha mãe dizia, brava, toda vez que eu tentava olhar para fora. Eu tentei obedecer, mas era difícil ficar o tempo todo escondida, pensando no que estava acontecendo do lado de fora. Eu ainda tinha curiosidade. Depois essa vontade passou, e eu fiquei muito tempo sem querer ver nada, tentando apagar da minha cabeça as imagens que me deixavam triste. Naquela época eu ainda não sabia direito o que era guerra, mas queria saber.

Foi por isso que, um dia, quando estava amanhecendo e minha mãe cuidava de Naiara, eu levantei a ponta da cortina e espiei. Havia sido uma noite ruim e eu tinha dormido só um pouquinho. Vi corpos no chão. Vários deles, imóveis e em posições estranhas. Muitos prédios tinham sido atingidos e os destroços cobriam as calçadas. Havia um carro queimado, vitrines quebradas e um monte de sujeira. Dois tanques grandes entravam na rua passando por cima de tudo.

Tanques são veículos muito estranhos. Parecem besouros, com aquela casca grossa e fechada que ninguém consegue

abrir. Eu pensava como devia ser ficar dentro daquele besouro, quando vi a fumaça. Um míssil tinha saído de dentro do tanque. Eu olhei para o outro lado e vi o alvo. Era o escritório do meu pai. Agora a parede da frente não existia mais. Vi homens correndo. Um deles caiu e não levantou mais.

Eu fechei a cortina e voltei para o canto do meu quarto. Fiquei olhando a parede. A cabeça vazia, sem pensamento nem vontade. Apenas me lembro que desejei muito, mas muito mesmo, que as paredes da minha casa fossem fortes o bastante para aguentar o tiro de um tanque.

● ● ●

No fim do verão, os soldados do governo já eram a maioria no meu bairro, pelo menos na parte em que eu morava. Dava para ver pelas bandeiras da Síria no uniforme e pelas armas. Depois de um tempo, você aprende a identificar todas elas – é o tipo de coisa que se aprende na guerra.

Depois de muitos dias sem sair, minha mãe decidiu procurar farinha e azeite no *souk*. Era difícil encontrar as coisas perto da minha casa. Com a maioria das lojas fechadas, alguns comerciantes vendiam coisas na calçada. Mas era tudo muito caro e o dinheiro que meus pais tinham estava acabando rápido.

No caminho para o centro, vimos mais destruição. Alguns edifícios pareciam esqueletos gigantes e desajeitados, com pedaços faltando. Outros tinham buracos enormes. Pessoas mexiam nos entulhos em busca de algo que pudessem salvar. Não pareciam as ruas que eu conhecia, de jeito nenhum.

Eu estava ansiosa para encontrar Mohammed e pedi para mamãe passar na loja da família dele. O lugar estava muito diferente, sem todas aquelas joias penduradas nas vitrines. Mas Abu Galib, Mohammed e os irmãos ainda estavam trabalhando, vendendo alimentos e outros produtos de que as pessoas precisavam.

Fiquei tão feliz em ver meu amigo! Eu e Mohammed sentamos no chão da loja, entre caixas de laranjas e peras. Não tínhamos vontade de correr ou jogar bola. Ficamos ali, só conversando. Ele contou que seus pais estavam pensando em fugir também.

— Galib já tem 17 anos e o governo está chamando os meninos dessa idade para lutar no exército. Tem muita gente morrendo nesta guerra. Minha mãe diz que os meninos vão e não voltam mais.

— E vocês vão para onde?

— Queremos ir para a Europa. Lá é mais fácil trabalhar e estudar. Dizem que as fronteiras estão fechadas, mas meu pai está tentando encontrar uma maneira de passar.

Eu pensei em perguntar quando eles iam voltar. A gente sempre quer saber isso quando um amigo viaja, não é? Mas não perguntei. Apenas ficamos ali, quietos, um ao lado do outro, pensando se um dia tudo aquilo iria acabar, se ele poderia voltar para a casa, para o *souk*, para a escola.

Foi quando ouvimos novamente as bombas. Vi minha mãe correndo para fora de uma loja que vendia comida:

— Layla! Layla! — ela gritava, com minha irmãzinha chorando no colo dela.

Mohammed deu um pulo e correu para ajudar o pai e os irmãos, que tentavam juntar o que podiam. Sem querer, olhei para o teto arredondado do *souk*, para o corredor fechado por paredes e lojas. Não era fácil escapar dali.

Não tive tempo de dizer adeus, de dar um abraço de despedida em meu amigo. Minha mãe já me arrastava no meio da multidão, quando ouvimos os gritos:

— FOGO! FOGO!

Quando o medo é muito grande, você não pensa, apenas corre com todas as suas forças. Mas eu não podia simplesmente correr. Naiara pesava no colo de mamãe e ela não podia ir tão rápido. Quando a fumaça já tomava conta de tudo, ela soltou minha mão e gritou:

— Corra, filha, corra! Vá pra casa agora.

— Não mãe, eu te ajudo, você consegue! — eu disse.

— Vá! Agora! — ela gritou de novo.

Talvez eu devesse ter esperado, ficado com minha mãe. Mas fiz o que ela me mandou fazer. Corri com toda a força das minhas pernas em direção à saída. E continuei correndo também do lado de fora, uma quadra após a outra, sem parar, sem olhar, apenas correndo.

Só quando cheguei perto de casa, olhei para trás. Vi as labaredas, a fumaça escura subindo do mercado. Aquele lugar, que existia há centenas de anos, o coração de Alepo, meu lugar preferido do mundo, estava queimando.

Eu olhava para a rua, o coração acelerado, procurando mamãe. Há semanas, nós vivíamos com medo, mas acho que, pela primeira vez, eu realmente pensei que algo ruim poderia acontecer com ela.

— Mama! Mama! — eu gritava, sem me importar com os soldados, com os tiros, com mais nada.

Então, ela apareceu. Estava com as roupas sujas e parecia muito, muito cansada. Eu me agarrei nela e na minha irmã-zinha, que chorava baixinho, meio enrolada nos panos. Dessa vez, eu também chorei. E decidi ali que nunca mais, mesmo que ela pedisse, mesmo que ela mandasse, nunca mais eu deixaria minha família para trás.

Foi a última vez que fui ao *souk* e a última vez que vi Mohammed.

• • •

Algumas pessoas disseram que as bombas do exército causaram o incêndio. Outras, que a culpa foi dos grupos rebeldes. Nós nunca tivemos certeza. O que eu sei é que, naquele dia, centenas de lojas do *souk* viraram cinzas.

Muitas lojas ainda ficaram de pé porque o mercado era muito grande, um dos maiores do mundo inteiro. Mas não dava mais para ir lá. Os bandos armados usavam as ruelas e lojas para se proteger e atirar nos soldados do governo, que estavam lá em cima, no Castelo.

E foi assim por muito tempo. O exército dentro do castelo, e os rebeldes tentando entrar. Deve ter sido por isso que fizeram uma muralha tão forte. Para aguentar muito tempo lá em cima, até que os inimigos fossem embora. Isso foi há tanto tempo! E estava acontecendo de novo.

Alguns dias depois, papai recebeu uma mensagem no celular. Era de Abu Galib.

— Estamos bem, mas vamos sair da cidade. Aqui não é mais seguro para nós. Iremos para o norte, tentar chegar à Alemanha. *Allah Maak*! Deus esteja com você.

Era assim, pelas mensagens de celular, que amigos e parentes mandavam notícias. A linha de telefone havia sido cortada. Como faltava energia quase todos os dias, a televisão e o rádio não funcionavam direito. A internet era, então, nosso único meio de saber das coisas.

Depois do que aconteceu no mercado, meu pai me deu um aparelho velho.

— Para você se comunicar com a gente, se precisar — ele disse.

Eu gostei de ter um celular porque queria muito falar com meus amigos. Mas não podia usar com frequência para economizar a bateria. Quando acabava, a gente precisava esperar a energia vir e isso podia demorar muito tempo. Então, meu telefone ficava muito tempo desligado.

— Precisamos de bateria para as emergências — papai dizia. E eu sempre ficava torcendo para o telefone não tocar nunca porque as pessoas só faziam uma ligação quando tinham notícias ruins para dar. Para as outras coisas, era só escrever algumas palavras.

"Estamos bem."

"Conseguimos o remédio."

"Sem bombardeios hoje."

Coisas assim.

Quando uma luz se acendia, era sinal de que a energia tinha voltado e todo mundo corria para carregar os telefones e os outros aparelhos. Daí eu podia ver e enviar mensagens. Depois de um tempo, as luzes não se acendiam mais e começamos a usar a bateria dos carros para carregar os celulares.

Zahara me escrevia sempre que podia. Ao contrário da maioria dos adultos, ela contava muitas coisas. Os rebeldes estavam mandando em tudo no bairro dela. Embora nossos bairros fossem próximos, nós estávamos em lados diferentes da guerra.

"Papai me contou que a cidade está dividida. O governo ocupa o lado oeste, inclusive o seu bairro. Os grupos de oposição estão aqui e em toda a região leste", ela me escreveu.

"Então a gente não pode se ver, é isso?"

"Não, não dá. É impossível passar de um lado para o outro porque os combates estão acontecendo nos bairros do centro, onde a gente mora. Cada lado está tentando ganhar o espaço do outro e nós estamos no meio."

Nossa posição era bem complicada mesmo.

– Na linha de tiro – dizia meu pai, o que quer dizer que vinham balas e mísseis dos dois lados. Nós não éramos inimigos de ninguém, mas os homens que lutavam ocupavam nossas ruas, lojas e casas e se misturavam com a gente. Não dava pra levantar uma bandeira branca, como eu via nos filmes. Não dava pra dizer: "Olha, eu não tenho nada a ver com isso!".

Agora que o governo tinha retomado Salah al Din, os bombardeios diminuíram. Mas os ataques aéreos continuavam perto da casa de Zahara, e eu fiquei com muito medo de que uma bomba caísse na casa da família dela. E eles não tinham onde se esconder.

"Os grupos rebeldes ocuparam nossa escola e estão guardando armas e remédios lá. Também invadiram a mesquita. Elas não são mais seguras para nós", escreveu Zahara.

Era assim, pelas mensagens dela, que eu ficava sabendo da situação do outro lado da cidade, nos bairros ocupados pelos rebeldes.

"O hospital onde meu pai trabalhava foi destruído na noite passada. Muitas pessoas morreram. Por sorte, ele tinha ido para casa descansar", Zahara contou.

"E os feridos?", eu quis saber. "Para onde estão indo?"

"Meu pai está atendendo os feridos numa clínica, mas não pode fazer muito porque faltam remédios e equipamentos. Às vezes, ele me deixa ajudar. É muito perigoso, mas é mais perigoso ainda ficar em casa porque a rua está cheia de atiradores."

Eram notícias ruins, muito ruins. Mas eu também aproveitava o contato pelo celular para matar um pouquinho da saudade, porque a saudade inteira só ia acabar quando eu pudesse dar um abraço bem apertado e conversar olhando nos olhos dela.

Mesmo com tantas coisas ruins acontecendo, eu escolhia uma música bem bonita e mandava para ela. Ou dava um sorriso grandão, tirava uma *selfie* com um quadro bonito atrás e mandava para Zahara. Queria que ela me visse um pouquinho feliz e ficasse feliz também.

Na verdade, ficar feliz era cada vez mais difícil e nós duas sabíamos disso mesmo fingindo que as coisas não estavam tão ruins assim.

Além da energia, também faltava água. Parece que os rebeldes atacaram o sistema de abastecimento para prejudicar a parte controlada pelo governo, mas acabaram deixando a cidade inteira sem água.

Ficávamos dias e dias sem um pingo na torneira. Às vezes, quando vinha água, ela nem chegava à minha casa porque não havia energia para fazer a água subir. Então, o senhor Omar, que morava no primeiro andar, gritava na nossa porta.

— Fause! Fause, a água tá chegando lá em casa!

Meu pai pegava um tambor grande, minha mãe e nós agarrávamos baldes e garrafas e corríamos escada abaixo.

Omar era um homem bom, sempre deixava que os vizinhos de cima pegassem água nas torneiras dele. Ele tinha quatro filhos, duas meninas e dois meninos, que sempre nos ajudavam a levar as vasilhas de água para casa.

O filho mais velho do senhor Omar se chamava Abdulah. Ele tinha 16 anos, era um pouco magricela e não tinha crescido muito ainda, mas era um menino muito esperto. Ele conseguia encontrar muitas coisas de que a gente precisava. Coisas como comida e remédios, que são as mais importantes. Ele também era mais rápido que as pessoas mais velhas, o que é ótimo quando você percebe que algo vai dar errado e tem

que escapar. Por isso, Abdullah sempre saía para comprar as coisas no mercado negro.

Na primeira vez que falaram assim: "mercado negro", eu pensei no *souk* queimado, nas paredes pretas de fogo e fuligem. Quando perguntei, minha mãe sorriu, e fazia tempo que ela não sorria.

– Não, Layla, não dá para ir lá, infelizmente. Mercado negro é um mercado clandestino, fora das lojas normais. É onde as pessoas vendem mercadorias que nós não encontramos em outros lugares, como roupas, alimentos, pilhas e outras coisas.

O mercado negro tinha outra diferença das lojas comuns: tudo era sempre muito mais caro. Meu pai reclamava que as lentilhas custavam 3 ou 4 vezes mais. E olha que lentilhas são uma comida muito comum na Síria, na sopa, no arroz, na comida de todo dia.

– Nossas reservas estão acabando. Se essa guerra não terminar logo, vai faltar dinheiro até para a comida – ouvi meu pai dizendo para minha mãe depois de voltar do tal mercado negro.

Até ali eu não tinha pensado nisso, mas era uma coisa muito importante. As pessoas não conseguiam trabalhar, então não ganhavam dinheiro. E as coisas, em vez de ficarem mais baratas para ajudar todo mundo, ficaram mais caras!

– Por que está acontecendo isso, pai?

– São os senhores da guerra, Layla. Eles ganham muito dinheiro mesmo quando todo mundo está sofrendo. Alguns compram e vendem para os dois lados, governo e oposição. Não querem ajudar ninguém – ele explicou.

E esses senhores da guerra deviam estar ganhando muito mesmo, porque pagavam pouco por coisas boas, como o relógio de ouro do meu pai, e depois vendiam caro para os outros. Meu pai disse que não tinha jeito, precisava do dinheiro. Até hoje ele brinca que o relógio dele virou leite e fraldas para a minha irmãzinha. E que isso era muito mais importante que um pedaço de metal.

Abdulah sempre sabia onde encontrar coisas como leite, fraldas, lentilhas e pão. E muitas vezes essas mercadorias estavam do outro lado da cidade, onde quem mandava eram os grupos armados de oposição.

Longe não era. Antes da guerra, nós passávamos a pé ou de carro de um lado para outro sem perceber, porque leste e oeste não significavam muita coisa fora do mapa da escola.

Agora, entre as duas partes de Alepo, havia centenas de homens armados, de tantos grupos diferentes que nem dava para separar um do outro. Para piorar, havia os *snipers*, os atiradores de elite, que ficavam no alto dos edifícios e podiam atingir pessoas que estavam muito longe, na rua ou dentro das construções.

Para ir de um lado a outro, todos precisavam passar pelos *checkpoints*, os postos de controle onde os soldados, de um lado, e os rebeldes, de outro, diziam quem podia ou não atravessar a rua e entrar na região controlada pelo inimigo.

O *checkpoint* mais perto da nossa casa ficava em Bustan al Qasar, o bairro que Zahara morava. Era por lá que Abdullah atravessava. Uma vez eu até pedi para ele me levar junto porque queria visitar minha amiga, mas ele disse que era muito perigoso.

– Os soldados pedem os documentos, perguntam o que você vai fazer e nem sempre me deixam passar – contou ele uma vez. – A gente anda menos de 100 metros e já encontra os combatentes rebeldes, que pedem as mesmas coisas. Às vezes, os dois lados exigem dinheiro para deixar as pessoas atravessarem. Se eles não gostam de você, podem te prender ou te matar.

Mesmo assim, muita gente passava pelos *checkpoints* para ver os parentes ou conseguir alimentos mais baratos, gás, gasolina ou trabalho. Era o que Abdullah fazia quase toda semana. Além de comprar coisas para a família, ele também ajudava os vizinhos que precisavam de algo importante.

Por tudo isso, e também porque ele era um menino que gostava de sorrir e era gentil com todo mundo, mesmo no meio daquela guerra horrível, muita gente ficou triste quando aconteceu aquilo.

Abdullah tinha saído fazia tempo para procurar pão, quando os disparos recomeçaram. Nós estávamos na casa do senhor Omar pegando água e vimos o menino na calçada do outro lado da rua. Abu Abdullah correu para a porta gritando:

– Abdullah! Abdullah!

Abdullah tinha um pacote grande de pão embaixo do braço, uma sacola em cada mão, e tentava se esconder atrás de um pedaço de parede, o que sobrou da casa que ficava em frente ao nosso prédio.

Dava pra ver que um grupo de soldados estava bem perto dele, dentro de uma loja abandonada, e atirava com metralhadoras pela janela sem vidraça. Uma granada atingiu um muro, bem perto dele. Pedaços de cimento e pedra voaram.

Abdullah ficou ali parado por um tempo.

– Não vem, não vem! – o senhor Omar gritava.

Enquanto meu pai ficava ao lado dele, minha mãe mandou que a gente fosse rápido para os fundos da casa. Eu estava entrando na cozinha quando olhei para trás e vi. Abdullah estava de bruços no chão, as sacolas ainda na mão e os pães espalhados na calçada.

Olhei para o meu pai, que tentava segurar o senhor Omar atrás da porta. O tiroteio continuava na rua, uma bomba explodiu bem perto, não dava para atravessar, para pegar Abdullah, para cuidar dele.

O tempo sempre demora para passar quando as coisas estão ruins demais e você não pode fazer nada para melhorar. Mas aquele momento parecia não acabar nunca, com o choro e os gritos das pessoas misturados ao som das metralhadoras e a imagem do menino na calçada, a mancha vermelha crescendo na camiseta branca.

Quando soldados e rebeldes pareceram se cansar de atirar sem avançar nenhum metro, os homens arrastaram Abdullah de volta para casa. Quando o deitaram no chão, vi que ele estava todo sujo, o rosto cheio do pó e das cinzas da rua. Olhei para seus olhos grandes, onde eu sempre via animação, e eles estavam abertos e vazios. A mãe e o pai dele chamavam:

– Meu filho, meu filho! – mas Abdullah não voltou.

Às vezes, ainda lembro dele com os pacotes de pão embaixo do braço, o sorriso ao chegar em casa com comida para a família, contando o que tinha visto no caminho. Desde que a guerra começou, muita gente morria o tempo todo. Algumas pessoas levaram tiros, outras foram soterradas pela casa que desmoronou, outras eram levadas por soldados ou rebeldes e nunca mais voltavam. Mas até hoje, quando penso naqueles dias em Alepo, eu vejo os olhos de Abdullah.

Dias depois, a família do primeiro andar também foi embora. O senhor Omar entregou a chave da porta a meu pai:

— Pode pegar água e usar a casa sempre que precisar — ele disse. E partiu com a família a pé, levando apenas algumas malas. Nunca mais soubemos deles. Antes de atravessar a rua, o pai de Abdullah acenou com a mão e disse adeus. Ele não sorriu, não chorou, nem disse mais nada. Parecia que a morte também tinha levado embora a vida dos olhos dele.

• • •

Foi um inverno muito, muito difícil. Fazia frio na Síria, às vezes com temperatura abaixo de zero, e não havia energia suficiente para aquecer a casa. Mamãe só usava o gás para cozinhar porque o botijão, ela me explicou, custava dez vezes mais do que antes, e isso é muito dinheiro quando não se pode trabalhar.

Então a gente vestia todas as roupas quentes do armário umas em cima das outras. Muitas vezes à noite, sem luz, escondida embaixo das cobertas, eu ouvia o barulho de um caça, o estouro de uma bomba tão próxima que fazia a casa tremer e pensava: "Vamos morrer". Mas só pensava, porque chega uma hora em que você não fala nem chora mais, porque sua mãe e seu pai não podem fazer nada e estão com medo também.

Eu sabia que eles estavam procurando um jeito de sair de Alepo. – Podemos tentar a Alemanha – ouvi meu pai dizendo para minha mãe.

Ele repetiu isso muitas vezes, mas o máximo que nós fizemos foi nos mudar para o primeiro andar, a casa do senhor Omar, porque, disse meu pai, "podemos sair mais rápido, se for necessário". Mesmo assim, era perigoso ficar tão perto da rua porque os rebeldes estavam abrindo buracos nas paredes das casas para passar de um lugar para outro sem ninguém ver.

A Alemanha era o lugar dos sonhos da maioria dos sírios que fugiam da guerra. Muita gente dizia que o governo de lá tratava bem os refugiados, que eles conseguiam trabalho e podiam ficar sem ser perseguidos ou mandados embora. Mas eu sabia que o país ficava muito longe e nós não tínhamos nenhum parente ou amigo morando lá para nos ajudar.

Um dia eu resolvi escrever para Mohammed. Fazia meses que a família dele tinha viajado e eu achava que eles já poderiam estar muito longe, na Europa. Quem sabe meu amigo poderia me ensinar o caminho? Assim minha mãe não ficaria tão preocupada em sair de casa sem saber como e aonde ia chegar.

Fiquei esperando a resposta por muitos dias e, durante este tempo todo, eu ficava imaginando como seria a vida longe daquele inferno onde a gente tentava sobreviver, vendendo as coisas de casa para comprar pão, azeite e gás. Eu pensava que seria bom morar perto da família de Mohammed. Ficaria mais fácil conseguir casa e as outras coisas que a gente precisa, como comida e escola.

Eu queria muito ir à escola. Sentia falta dos amigos e das brincadeiras no recreio, do lanche feito com pão árabe recheado de coalhada e azeitonas que minha mãe mandava de casa. Mas sentia saudades também das aulas, de ler, escrever e ficar pensando só nas matérias que a professora ensinava, sem me preocupar com mais nada.

Quando o inverno acabou, Amani me contou que alguns professores abriram uma escola num casarão antigo perto do bairro dela e estavam dando aulas para as crianças que conseguiam chegar lá.

"As salas ficam na parte mais baixa, onde é mais seguro, e a casa tem muros grossos e altos. Mas algumas meninas choram durante a aula, pedindo para voltar para casa. Ontem, ouvimos uma explosão e um menino começou a gritar sem parar. Me contaram depois que uma bomba tinha destruído a casa dele alguns dias antes."

No meu bairro, não havia nenhuma escola aberta, mas eu estudava um pouco sozinha ou com a ajuda de mamãe. Quando os combates paravam e a rua parecia mais calma, eu e minha irmã brincávamos de colecionar cápsulas de balas. Havia muitas, de todos os tipos, e nós juntávamos todas numa caixa de papelão e tentávamos descobrir de que tipo de arma tinham saído.

Quando a resposta de Mohammed chegou, eu estava sentada na calçada cuidando de minha irmãzinha, que brincava com minha coleção de cápsulas.

"Não estamos na Europa, Layla. Na verdade, não chegamos nem perto ainda. Quando atravessamos a fronteira da Turquia, nos mandaram para um campo de refugiados. Tinha muita gente lá, faltava água, comida e fazia frio dentro das tendas. Resolvemos fugir e andamos por muitos dias até chegar a Istambul."

A mensagem me deixou sem pensamento, do jeito que a gente fica quando tem muita certeza de uma coisa e, quando dá errado, não tem mais nenhuma ideia do que fazer depois. Se o pai de Mohammed, que dava conselhos para outros homens e tinha quatro filhos grandes para ajudar, não tinha chegado à Europa, como nós iríamos conseguir? Mas logo uma ideia nova entrou na minha cabeça. Um lugar mais perto também poderia ser bom se lá não tivesse guerra.

"Como é Istambul, Mohammed? Você acha que podemos ficar aí?", escrevi.

"Muito difícil, Layla. Não tem emprego e muitos sírios não têm casa nem comida. Nós gastamos muito dinheiro para ultrapassar a fronteira. Homens armados pegaram quase tudo para deixar minha família passar. Agora estou trabalhando o dia inteiro com meu pai e meu irmão numa fábrica. Fico cansado, mas nós estamos juntando dinheiro para pagar o barco. Os traficantes de homens cobram muito caro para levar as pessoas até a Grécia."

Mohammed trabalhando... Como deixavam um menino pequeno, porque ele era ainda menor do que eu, trabalhando igual gente grande numa fábrica para conseguir dinheiro? Eu pensei nisso, mas sabia que muitas crianças, que antes só brincavam e estudavam, estavam trabalhando para ajudar a família. E perguntei outra coisa, que achei mais importante porque ficar vivo é sempre mais importante que tudo: "É seguro esse barco, Mohammed?"

"Não sei. São botes infláveis não muito grandes. Mas não tem outro jeito de atravessar", ele respondeu. "Tome cuidado", eu escrevi. "Nós vamos conseguir", foi a última mensagem dele antes de desconectar.

Eu fiquei olhando para a tela do celular, mas minha mente viajou para o mar azul e quente que conheci em Lataquia. Ele era tão grande que a água se misturava com o céu e a gente nunca via o final. Procurei imaginar como seria entrar num barco e tentar chegar ao outro lado. Meu primo não teve tempo de me ensinar direito e eu ainda não sabia nadar bem. Acho que mamãe também não sabia e, mesmo que soubesse, tinha que levar minha irmãzinha no colo porque ela sempre chorava se mamãe se afastava.

— Muita gente está morrendo no mar — mamãe dizia toda vez que meu pai falava em seguir o caminho de Mohammed e de muitas outras pessoas que estavam fugindo de Alepo. Poucas famílias ainda permaneciam na minha rua e algumas partes do meu bairro pareciam um lugar de fantasmas, com prédios pela metade, lixo, lojas destruídas e sujeira por todo lado.

Mesmo assim, minha mãe achava que era arriscado demais levar a gente pela fronteira turca, cheia de grupos perigosos, atravessar o Mediterrâneo em botes cheios de ar e percorrer metade da Europa sem saber se iam nos deixar ficar. Eu entendia isso. Mas uma vez, quando tivemos de correr para a rua com medo da nossa casa explodir, e o medo ficou maior que o mundo, não aguentei mais e gritei pra ela:

— Qualquer coisa é melhor do que ficar aqui. Eu prefiro morrer andando do que morrer aqui, parada, sem fazer nada.

Minha mãe não disse nada e eu vi que os olhos dela estavam vermelhos e tristes, mas eu não pedi desculpas porque estava cansada, cansada demais e com raiva demais para pensar que não podia falar assim com a minha mãe.

Eu só pensava num jeito de fugir e acho que foi por isso que não disse nada para eles sobre as mensagens de Mohammed. Mas acho que papai e mamãe sabiam de tudo aquilo porque não falaram mais sobre Turquia, Europa ou Alemanha.

Algum tempo depois, Raissa também me mandou uma mensagem:

"Estamos indo para o sul. Não sabemos para onde, mas temos que ir."

A família de Raissa havia saído do centro logo nos primeiros dias da guerra e estava morando com parentes num bairro mais afastado, do lado leste, dominado pelos rebeldes. Como ficava longe do *front*, a situação lá era um pouco mais calma. Mas um perigo novo e grande vinha surgindo do outro lado, perto da fronteira com o Iraque.

"O Estado Islâmico chegou aqui", ela escreveu. "Temos que fugir."

●　●　●

Sim, eu já tinha ouvido falar muito do Estado Islâmico. Quem não tinha?

As primeiras notícias sobre isso chegaram pela televisão muito tempo antes, quando a gente imaginava que a guerra só acontecia no Iraque, do outro lado da fronteira.

Eram sempre notícias muito ruins, sobre mortes, sequestros, mulheres que não podiam sair de casa, todo mundo obrigado a obedecer às regras da religião do jeito que eles achavam certo.

Eu falo assim: "do jeito que eles achavam certo", porque também sou muçulmana e sempre ouvi na mesquita e em casa que o Alcorão fala de paz, nunca de matar e fazer o mal para outras pessoas.

— A religião nos ajuda a ser pessoas melhores, Layla — mamãe me disse uma vez.

Se é assim, e eu acredito que seja, a religião nunca deveria servir para fazer guerra, e acho que eles não são muçulmanos, pelo menos não do jeito que os muçulmanos devem ser.

Eu fico triste quando alguém aqui no Brasil diz que os muçulmanos são terroristas e matam pessoas, porque isso não é verdade. Nós vivíamos em paz na Síria e o Estado Islâmico, mesmo que use o nome da nossa religião, pode ser qualquer coisa, menos islâmico de verdade.

Papai me explicou que alguns grupos que lutavam contra o governo estavam facilitando a entrada do Estado Islâmico, mas havia uma diferença:

— Eles não querem só derrubar o presidente. Querem criar um Estado novo juntando pedaços do Iraque e da Síria e impor a visão distorcida do islamismo deles através das armas e do medo — disse ele.

Senti um aperto no estômago. Não conseguia imaginar como as coisas poderiam ficar piores do que já estavam. Mas estes homens já estavam em Alepo.

"Muitos deles não se parecem com a gente, Layla. Têm sotaques diferentes e alguns falam outras línguas. São pessoas de vários países, inclusive da Europa, mas muitos combatentes dos outros grupos estão passando para o lado do Estado Islâmico porque ele paga bons salários", Raissa escreveu.

Eu fiquei pensando como um grupo armado consegue dinheiro para pagar soldados quando todo mundo tem dificuldade de sobreviver. Foi Raissa quem me explicou isso também.

"Eles ocuparam uma região muito grande do Iraque, com poços de petróleo, represas e outras riquezas. O Estado Islâmico toma tudo isso e vende para o exterior. Muitos países dizem que são contra a guerra, mas compram esses produtos do Estado Islâmico ou vendem armas para eles", ela escreveu.

Depois, ela disse que precisava ir.

"Não sei se vou conseguir escrever logo, Layla. Vai ser difícil conseguir internet por satélite. Quando puder, eu aviso onde estou. Beijos. Te amo."

Eu esperei, mas demorou muito tempo para eu ter notícias de Raissa novamente. Cheguei a pensar que algo ruim tinha acontecido com a família dela. Muita gente sumia nas estradas da Síria naquela época. Um dia, simplesmente, paravam de fazer contato. Podiam ter morrido ou não, ninguém sabia. Mas nunca mais apareciam.

Só muitos meses depois, quando eu já estava aqui no Brasil, consegui descobrir que Raissa estava na Jordânia.

Minha amiga estava vivendo com a família no deserto, em um campo de refugiados muito grande, um dos maiores do mundo, chamado Zaatari.

A chegada do Estado Islâmico deixou as coisas ainda mais confusas no grande quebra-cabeça dessa guerra.

Para nós, que vivíamos no lado controlado pelo governo, o Estado Islâmico ainda parecia uma ameaça distante. Nós tínhamos problemas mais urgentes para lidar, como conseguir água e comida todos os dias.

No verão de 2013, os grupos rebeldes conseguiram tomar todas as estradas que saíam de Alepo para Damasco, a capital da Síria, que fica no sul do país. A intenção deles era impedir que o exército do governo recebesse suprimentos, mas o resultado mais imediato foi que os alimentos e outros produtos básicos também não chegavam até nós.

Conseguir comida fresca, por exemplo, passou a ser ainda mais difícil e perigoso. Para buscá-la, muitos se arriscavam no *checkpoint* de Bustan Al Qasar.

"Todo dia, tem gente morrendo aqui", me escreveu Zahara, "uma senhora foi baleada por um *sniper* quando levava uma sacola de verduras e legumes pra casa".

— Não vá — falou mamãe numa manhã, quando papai disse que ia tentar achar comida do outro lado. — Nós precisamos mais de você vivo do que de legumes. Podemos comer o que temos.

Se mamãe falava, todos obedeciam sem reclamar, até papai. E assim nossas refeições, por vários dias, foram compotas de pimentão e berinjela que ela fizera no ano anterior e estavam conservadas em azeite.

Comer conservas seria até bom se houvesse pão. O pão representa para nós, na Síria, o que é o arroz para vocês aqui no Brasil. Mas, com a falta de trigo e a maioria das padarias destruída ou fechada, era muito difícil conseguir um pedaço. Quando havia, custava muito, até 20 vezes mais caro do que a gente pagava antes da guerra.

Quando conseguíamos dinheiro, minha mãe, eu e minha irmãzinha passávamos horas na fila diante da padaria, enquanto papai ia buscar água em uma mesquita distante.

Enquanto esperávamos nossa vez, eu ouvia todo tipo de história. Alguns falavam dos parentes que tinham desaparecido, sequestrados por rebeldes ou pelo exército, outros contavam os planos de ir embora para a Europa, o Líbano e outros lugares. Todos pareciam procurar um jeito de escapar.

E foi ali, na fila do pão, que ouvi falar de um novo país que estava aceitando refugiados, enquanto quase todos os outros dificultavam a entrada dos sírios.

— O Brasil está dando visto para todas as famílias que pedirem... — disse uma mulher que planejava levar os pais, os irmãos e os filhos.

Naquela época, o Brasil, para mim, era apenas a terra do futebol, o lugar de onde vieram grandes craques como Ronaldo e Neymar. Eu admirava a seleção do país e tinha até uma camiseta amarela que ganhei do meu pai antes de um jogo importante. Mas era só isso que eu sabia.

Para ser sincera, eu não achei que meus pais iriam querer morar num país tão distante. Mas logo a palavra "Brasil" começou a escapar das conversas que eles tinham quando achavam que eu não estava ouvindo.

— Já tentei todos os países que podia, mas nenhum está concedendo vistos oficiais. O único jeito é entrar como clandestino e tentar regularizar a situação depois. O Brasil dá o visto de refugiado para os sírios sem muitas exigências. Podemos fazer os documentos quando chegarmos lá e já começar a trabalhar — disse papai.

O visto, eu já sabia, era o documento que permite a um estrangeiro ficar legalmente em outro país. Era algo valioso e, naquele momento, as pessoas aceitavam quase tudo, até correr o risco de morrer, para conseguir um.

Desta vez, o "não" de minha mãe se transformou em um "talvez, pode ser". Meu pai começou a passar horas fora de casa atrás de informações, e eu percebi que aquela história estava ficando séria. Mas o caminho, embora mais seguro do que a saga de Mohammed e de tantos outros, também não era fácil.

— Nós precisamos ir para o Líbano primeiro — disse papai uma noite. — Com a guerra, o Brasil transferiu a embaixada de Damasco para Beirute, a capital do Líbano, e precisamos ir até lá para tirar os vistos. Com o documento na mão, podemos comprar as passagens e embarcar.

O problema era como chegar lá.

Antes da guerra, ir de Alepo para Beirute era muito simples e demorava apenas cinco horas por boas estradas. Eu nunca tinha ido, mas papai havia feito essa viagem várias vezes para visitar minha tia, que morava lá.

Agora, com as estradas tomadas pelos rebeldes, era quase impossível pegar a rodovia. Atiradores de todos os lados alvejavam os carros e ônibus e o risco de levar um tiro era tão grande que a rodovia ficou conhecida como "Estrada da morte".

Enquanto papai procurava uma maneira menos perigosa de sair da cidade, recebi a notícia de que a família de Amani também tinha conseguido fugir. "Saímos de avião", ela me contou numa mensagem, alguns dias depois.

"Chegamos ao aeroporto com a ajuda de um amigo de meu pai. Todas as luzes estavam apagadas e eu achei que um avião nunca poderia pousar ali. Esperamos por algum tempo, até que a lua desapareceu e tudo ficou completamente escuro. Então, um soldado acendeu a lanterna e apontou a luz para a pista. Ouvimos um barulho forte de motor e vi o vulto enorme do avião descendo."

Eu nem sabia que o aeroporto de Alepo ainda estava funcionando. Mas a história de Amani ficou ainda mais incrível:

"Era um avião velho de guerra, todo amassado e com marcas de balas. Os soldados começaram a descarregar as armas. Havia metralhadoras, rifles e bombas maiores do que nós, Layla. Depois, embarcamos junto com os soldados. Quando o avião subiu, ouvimos os disparos vindos do lado de fora do aeroporto. Não havia poltronas nem cintos e nós seguramos uns nos outros, com muito medo. Só ficamos mais calmos depois que o avião já havia subido bastante e o comandante disse que eles não poderiam mais nos acertar", ela contou.

Eu sempre via os aviões do exército no céu, mas achava que eles só serviam para jogar bombas. Era difícil imaginar minha amiga dentro de um deles. "Onde vocês estão agora, Amani?" – perguntei. "Em Damasco", ela escreveu, "mas vamos embarcar logo para a Armênia e ficar na casa de alguns primos da minha mãe."

Era muita estranho saber que a família de Amani estava voltando para a Armênia, de onde os avós dela tinham saído há tanto tempo, também fugindo de perseguições. Mas fiquei feliz por ela, sabendo que estaria segura e perto da família.

Para a maioria de nós, contudo, sair de avião não era uma opção.

Era preciso encontrar outro jeito de fugir, e rápido, principalmente depois daquela explosão.

● ● ●

Ainda era final de outono, mas as noites já estavam geladas em Alepo. É possível que tenha sido sempre assim, mas, agora, sem aquecimento, era muito difícil esquentar as mãos e os pés ainda que mamãe me transformasse numa bola imóvel com todas aquelas camadas de roupa.

Minha mãe sempre foi muito prática e, naqueles tempos, ficou mais ainda. Numa noite, depois de muito tempo sem gás, ela quebrou com um martelo as pernas das cadeiras da sala de jantar e colocou tudo dentro de uma velha churrasqueira portátil de ferro.

— Veja, Layla, parece que estamos em um acampamento — ela me disse enquanto remexia as brasas daquela fogueira improvisada no meio da cozinha. Eu me sentei no chão perto dela, enrolada no cobertor, sentindo o calor gostoso no rosto e na palma das mãos. Minha irmãzinha dormia num pequeno colchão ao meu lado e papai conversava na sala com um vizinho.

De repente, ouvi um estrondo tão forte que parecia ter estourado minha cabeça. O chão tremeu e coisas começaram a voar, como se a casa inteira estivesse desmoronando. Eu me joguei no chão, sentindo o corpo da minha mãe sobre as minhas costas. A fumaça começou a encher meus pulmões, eu não conseguia ver nada, um zunido forte entrava nos meus ouvidos.

— Fause! Fause! Fause!

Percebi que minha mãe havia se levantado. A voz dela parecia distante, como se eu estivesse ouvindo embaixo da água.

— Fause! Fause! — ela gritava.

Abri os olhos e vi o vulto de mamãe no meio da poeira, cambaleando entre pedaços de pedra e móveis revirados. Ela andava pela sala e, quando meus olhos se acostumaram um pouco mais ao escuro e à fumaça, vi que a parede que deveria estar lá tinha desaparecido.

Minha irmãzinha gemeu e eu a alcancei no meio da sujeira. Naiara começou a chorar, grudou em mim e eu a abracei forte. Minha barriga doía, o desespero da minha mãe começava a tomar conta de mim.

— Fause! Fause... Meu Deus, *Hamdulillah!* Graças a Deus!

Então, vi minha mãe e meu pai abraçados, os dois cobertos de poeira e cimento, brancos como fantasmas num lugar em que, a partir de agora, era impossível continuar vivendo.

Soube depois que uma bomba caseira tinha explodido na frente da nossa casa. Por sorte, não era tão forte e papai estava longe da parede da frente, que veio abaixo.

Passamos o resto da noite abraçados no chão da cozinha que dava para os fundos. Não tínhamos para onde ir e não podíamos ficar na rua. Quando amanheceu, meu pai saiu novamente. Quando voltou, já no final do dia, ele nos trouxe a notícia.

O exército havia aberto uma via alternativa que ligava Alepo a Damasco. Era uma rota mais longa, que atravessava o deserto. A estrada passava perto de áreas controladas pelos rebeldes e pelo Estado Islâmico, mas o exército estava empenhado em protegê-la para garantir a passagem de suprimentos.

— É nossa melhor chance — disse papai.

E nos preparamos para partir.

• • •

O sol ainda não tinha aparecido quando deixamos o que restou da nossa casa em Alepo. No horizonte, víamos apenas o brilho rápido das explosões fora da cidade. Quem nos visse, com as mochilas nas costas, poderia pensar que íamos fazer apenas um passeio de fim de semana.

— Só vamos levar o essencial — avisou meu pai na noite anterior quando eu e mamãe arrumávamos nossas coisas às pressas. — Não há espaço para muita bagagem no ônibus e precisamos estar leves para enfrentar o que vier pela frente.

Mamãe colocou numa sacola duas garrafas grandes de água, alguns pães já um pouco duros, azeitonas, algumas

tâmaras secas e um pedaço de queijo de cabra. Era toda a comida que tínhamos em casa.

Eu separei as roupas de que mais gostava e olhei para o meu quarto, que ainda permanecia inteiro no quarto andar. Tanta coisa eu queria levar! Peguei a boneca de pano que dormia comigo desde que eu tinha o tamanho da Naiara, o porta-retratos com a foto que eu e meus amigos tiramos num dia de festa na escola, meu diário, meus livros. Coloquei tudo sobre a cama e tentei organizar.

Mas nada disso cabia na mochila pequena que eu mesma ia levar.

– São só coisas, Layla – disse mamãe, talvez adivinhando meu peito apertado, minha tristeza em deixar meu quarto, minhas coisas, minha vida. – O importante é que estamos juntos e vamos ficar bem.

Eu não disse nada, mas, mesmo fechada na minha tristeza e dando adeus a um pedaço de mim, eu sabia que ela estava certa.

Vesti uma roupa quente e meu casaco mais grosso. Na mochila, arrumei uma calça, um vestido, duas blusas, dois pares de meias, um pente e uma escova de dentes. Num bolso lateral, coloquei o celular e a foto que tirei do porta-retratos. Depois enrolei com cuidado a minha conchinha numa folha arrancada do caderno e coloquei o pacotinho no bolso do outro lado.

Estavam ali minhas melhores lembranças. Meus amigos da escola e minha família se divertindo no grande mar azul, o mesmo que logo eu veria da janela do avião que nos levaria para uma nova vida.

Mas, antes, havia o ônibus.

Parado na estação em ruínas, ele parecia ter atravessado um campo de batalha, ou vários. Ainda dava para ver os restos de tinta verde, mas agora a maior parte da lataria estava descascada, com o metal amassado aparecendo. Fiquei olhando as marcas de balas e pensando se, como dizia meu pai, aquele era mesmo o jeito mais seguro de deixar a Síria.

O motorista, um homem um pouco mais velho que meu pai, tinha a barba comprida e uma cicatriz ainda vermelha no rosto, ao lado do nariz.

– Fui atingido pelo estilhaço de uma vidraça quando uma bomba explodiu na estação, perto do ônibus – ele contava para um passageiro enquanto arrumava as sacolas num bagageiro apertado. Pela conversa, entendi que Ali, era esse o nome dele, era motorista há dez anos e continuava transportando passageiros para o Líbano três vezes por semana mesmo com todos os perigos da estrada. – Tenho que levar comida pra casa – disse ele.

O ônibus estava completamente lotado. Havia crianças, idosos, famílias inteiras, a maioria levando tudo o que podia ou o que o espaço pequeno permitia. Um menino do meu tamanho segurava uma gaiola com um gatinho dentro.

– É o Habib – ele disse. – Ele vai com a gente.

– Mulheres para o fundo – avisou Ali, quando os passageiros já se acomodavam nas poltronas esfarrapadas.

Mamãe não discutiu e se sentou comigo na última fileira. Ela vestia uma roupa toda preta, que cobria sua cabeça e todo o seu corpo. Quando perguntei, ela explicou que era uma exigência do Estado Islâmico. As mulheres precisavam usar estas roupas, sentar atrás dos homens e não podiam viajar sozinhas se não quisessem ter problemas.

Minha mãe sempre foi uma mulher muito bonita, usava lenços bonitos de seda, roupas coloridas e elegantes, lápis preto nos olhos e batom. Ela ia aonde queria, muitas vezes sozinha, e nunca precisou se preocupar com isso.

Mas agora estávamos no meio de uma guerra e até uma simples blusa azul poderia significar a prisão ou mesmo a morte. O motorista explicou que não esperava encontrar combatentes do Estado Islâmico, mas eles estavam perto e as coisas naquela guerra podiam mudar a qualquer momento.

— Melhor prevenir — ele disse, antes de ligar o motor e começar a manobrar o ônibus para fora da estação.

Ainda não tínhamos saído da cidade quando paramos no primeiro *checkpoint*.

Homens com roupas do exército entraram no ônibus e pediram documentos. Um rapaz foi obrigado a descer. O motorista disse alguma coisa, o soldado deu uma resposta ríspida, ele fechou a porta e seguiu viagem deixando o rapaz para trás. Uma criança que viajava no colo da mãe ocupou o lugar dele.

Quando amanheceu, havia areia a perder de vista. Cruzávamos o grande deserto que ocupa o leste da Síria. Naquela estrada esburacada, homens armados, tanques e carros de guerra protegiam um corredor cercado de inimigos. De um lado, o Estado Islâmico. De outro, dezenas de outros grupos armados.

Perdi a conta de todas as vezes que fomos parados. Os soldados falavam com o motorista, pediam documentos e nos deixavam seguir viagem.

A rota desviava para o leste e fazia uma grande volta antes de seguir para Damasco e Beirute. Se tudo desse certo, o exército não fechasse a estrada e não houvesse ataques de grupos rebeldes, seriam mais de 10 horas de viagem pelo território sírio.

Fora dos *checkpoints*, o motorista parava pouco e dirigia muito rápido.

– É perigoso viajar à noite – tinha avisado Ali.

Ele só diminuiu um pouco a velocidade ao passar por uma vila pequena, que parecia abandonada em meio aos escombros. Saindo dela, percebi algo diferente no acostamento. Olhando com atenção, vi que era um buraco. Dentro dele, havia vários corpos, cercados por abutres. Minha mãe fechou rápido a cortina.

– Vai dar tudo certo, não se preocupe, vamos ficar bem – ela disse baixinho. E achei que ela estava tentando convencer mais a si mesma do que a mim.

Sem poder olhar para fora, eu comecei a observar as pessoas e ouvir as conversas dentro do ônibus.

– Nas cidades tomadas pelo Estado Islâmico, os cristãos só têm três opções: abandonar sua fé, pagar impostos altos ou fugir. Nós preferimos ir embora – contava uma senhora sentada no banco da frente.

Provavelmente era uma cristã, como Amani. Ainda bem que logo minha amiga estaria a salvo daquelas pessoas que faziam mal às outras só porque tinham uma fé diferente.

Na última vez que fui brincar na casa dela, antes da guerra, Amani me disse que as igrejas cristãs na Síria eram as mais antigas do mundo e que existiam antes de as palavras de Jesus Cristo chegarem à Europa. Ela contava essa história com orgulho, o mesmo orgulho que eu tinha da minha família e da minha religião. E pensei que era muito bom viver num país com tantos povos, costumes e histórias diferentes.

Enquanto lembrava de Amani, minha mente foi se desligando da conversa, do barulho do ônibus, da estrada. Não sei quanto tempo dormi, encostada no braço da minha mãe. Quando voltei a abrir os olhos, as cortinas estavam de novo abertas e a luz do sol batia no meu rosto.

Esfreguei os olhos e, quando consegui me acostumar à luz, vi que a paisagem tinha mudado. Em vez das dunas de areia dos dois lados, havia palmeiras, muitas delas, tão verdes como as árvores nos parques de Alepo.

No meio daquelas árvores lindas, surgiram as primeiras casas. Eram mais baixas do que os prédios da minha cidade, mas também revestidas de pedra e pareciam não ter sido muito atingidas pelas bombas.

— Estamos em Palmira — disse papai, virando-se pra nós, enquanto o motorista manobrava para parar num posto de combustível.

• • •

Enquanto enchíamos nossas garrafas na torneira do posto, papai me disse que Palmira ficava num oásis, um lugar onde a água brota e as plantas podem crescer no meio do deserto. Por isso, há muitos séculos, viajantes como nós paravam ali para descansar e se abastecer de água e comida.

– Há 4 mil anos, Palmira era uma parada essencial das caravanas de camelos que percorriam a Rota da Seda, um caminho muito importante que ligava a China, a Índia e a Pérsia ao Mediterrâneo – ele explicou. – Essas caravanas transportavam especiarias e tecidos de seda que não existiam na Europa.

Eu teria gostado de descansar em Palmira por algum tempo. Não era fácil viajar horas e horas naquele ônibus velho através do deserto. Com as janelas fechadas por causa da poeira, o ar dentro do ônibus ficava abafado. O cheiro de comida e os solavancos me davam enjoo. Se quisesse ir ao banheiro, eu tinha que segurar e esperar até que o motorista quisesse parar.

Mas aquela não era uma viagem de passeio e logo ele nos chamou de volta. Dessa vez, pelo menos, minha mãe deixou as cortinas abertas e eu pude apreciar Palmira até que as casas começaram a rarear e as areias substituíram as ruas.

Então, da minha janela, eu vi algo completamente diferente. Parecia um grande portão antigo feito de pedra, com arcos e desenhos. Deveria ter três vezes a altura do meu pai. Atrás dele, havia uma rua de pedra cercada por duas fileiras de colunas altas e decoradas.

Em torno daquela rua, várias construções lembravam as antigas ruínas romanas de Alepo. Mas ali elas pareciam uma cidade inteira abandonada no deserto. Olhei para o outro lado e vi uma construção muito grande, em formato quadrado, não muito distante da estrada.

– É o templo de Baal – disse papai, com um sorriso, o primeiro daquela viagem e um dos poucos que havia visto nos últimos meses. – Foi construído em 32 d.C. em homenagem a um deus adorado pelos antigos moradores daqui e está muito bem preservado até hoje. Muitos turistas vinham conhecer este lugar antes da guerra.

"Sim, aquele era um bom lugar para se conhecer e explorar", eu pensei, imaginando como seria correr entre as colunas e templos e subir até o castelo que eu via agora no alto de uma colina.

Ali começou a acelerar e a cidade antiga foi ficando para trás. Sob o sol forte, vi ainda uma fila de camelos caminhando perto das últimas ruínas, como se o tempo tivesse parado e Palmira fosse ainda o porto seguro das caravanas que atravessavam o deserto.

Mais de um ano depois, muito longe dali, eu vi aquele lugar novamente. Palmira aparecia na tela da televisão e as notícias eram muito ruins. Depois de ocupar a cidade, o Estado Islâmico bombardeou o Templo de Baal. A cidade, que resistiu por milhares de anos, estava sendo destruída.

Naquele dia, eu nem imaginava que algo assim poderia acontecer. Palmira foi o lugar mais lindo que eu vi naquela longa viagem, um respiro na nossa rota de fuga, entre vilas em ruínas e homens armados, por um país que se desintegrava.

Já o que aconteceu depois, eu gostaria de enterrar para sempre num lugar em que nem em meus pesadelos eu pudesse encontrar. O céu azul já começava a se tingir de laranja e vermelho quando ouvimos os tiros.

Eu estava encolhida no banco, com o corpo todo doído depois de tantos solavancos, e comia um pedaço de pão com azeitonas.

— *Snipers*! — gritou Ali, causando um rebuliço entre os passageiros, que tentavam, de qualquer forma, se esconder.

Quem estava perto do corredor se jogou no chão. Os outros se abaixavam com as mãos na cabeça. Um bebê começou a chorar alto. Em segundos, minha mãe me fez abaixar entre os bancos com Naiara. Eu já tinha quase 12 anos e aquele era um espaço muito apertado para mim. Tão perto do chão, eu sentia o cheiro de poeira e cinza de cigarro, tudo misturado. Meu estômago embrulhou e eu pensei que fosse vomitar, mas tentei não pensar nisso e segurei minha irmã.

Mesmo ali, entre a lataria e os bancos, eu podia ouvir o tiroteio do lado de fora, enquanto nosso motorista fazia o ônibus voar sem se importar com os buracos.

"Não pare! Não pare!", eu pensava, rezando para que o pneu não furasse, nos deixando ali, no meio de um campo de guerra.

Quando, enfim, não ouvimos mais os estampidos e minha mãe nos tirou com dificuldade do lugar onde estávamos encaixadas, eu estava descabelada e suja. Meu pão tinha caído no chão e as azeitonas se espatifaram na minha roupa deixando uma mancha de azeite no casaco. Mas estávamos inteiras.

Anoitecia quando chegamos à fronteira. A estrada quase vazia agora estava tomada por um grande congestionamento de carros, caminhões e ônibus em um só sentido.

A partir dali, eu e todas aquelas pessoas dentro do ônibus nos transformamos em refugiados.

Eu acreditava que iríamos logo para o Brasil, mas não foi assim que aconteceu.

Depois de conseguir o visto, meu pai resolveu que viajaria sozinho. Nós ficaríamos no Líbano por mais algum tempo até que ele pudesse organizar nossa vida no novo país.

Mamãe, minha irmã e eu ficamos hospedadas na casa de minha tia, uma mulher já idosa que eu nunca tinha visto antes. Ela procurava ser gentil, mas o apartamento era pequeno e nós dividimos um quarto com outra família que aguardava os documentos para seguir viagem para o Canadá.

Quando o novo ano começou e as crianças libanesas voltaram para a escola, eu fui com elas. Era temporário, eu sabia, e sentia falta de Mohammed, Amani, Zahara e meus outros colegas na escola de Alepo. Mas fiquei feliz em entrar numa sala de aula novamente e tentei recuperar o tempo perdido. Pouco tempo depois, minha mãe se inscreveu como voluntária para ajudar as famílias sírias acampadas num campo de refugiados no Vale do Bekaa.

O vale é um lugar muito bonito, com rios, árvores e grandes plantações de verduras e frutas. Agora uma parte dele estava coberto por um mar de barracas brancas idênticas, onde viviam milhares de sírios que não tinham dinheiro para alugar uma casa.

O campo era mantido pela ONU. Os moradores recebiam água, três refeições por dia e remédios. Havia também uma escola improvisada, que reunia crianças de várias idades.

Era muito difícil viver ali. Famílias inteiras dormiam juntas numa tenda, sem lugar para cozinhar direito. Às vezes, o frio era tanto que elas precisavam acender fogueiras para se aquecer um pouco.

Mesmo assim, as pessoas tentavam viver o melhor que podiam. Toda tarde, via vizinhos de barraca se reunirem para tomar o *chai*. Algumas mulheres bordavam ou costuravam juntas. Meninos jogavam bola num campinho de areia.

Enquanto minha mãe distribuía roupas e cobertores doados, eu cuidava de Naiara e brincava com as crianças pequenas do campo. Mas elas não eram crianças alegres como as que eu via nas ruas e parques de Alepo antes da guerra. Várias choravam o tempo todo. Qualquer pequena dificuldade era motivo para brigas e agressões.

– É o estresse da guerra – disse mamãe. – Essas crianças sofreram muito.

Papai falava conosco toda semana, mas as coisas não estavam fáceis para ele no Brasil. Para alugar uma casa, era necessário um fiador, uma pessoa que garante o pagamento se o morador não puder pagar. E era muito difícil conseguir um numa cidade diferente, sem conhecer ninguém.

No começo, ele ficou na casa de uma família de descendentes de sírios que conheceu na mesquita. Depois, começou a trabalhar como ajudante de cozinheiro num restaurante. Meu pai era engenheiro e sabia fazer casas, mas esse foi o único trabalho que encontrou.

Depois de vários meses, ele mandou as passagens.

— Estou esperando vocês — disse. Olhando para o sorriso de papai na tela do celular, eu me senti forte, preparada para tudo.

No aeroporto, pouco antes de entrar no avião, recebi uma mensagem de Mohammed.

"Querida Layla, vamos embarcar hoje à noite. Os homens que vão nos levar dizem que precisamos navegar no escuro para nos esconder dos policiais. Todos estão com medo, mas tenho fé que chegaremos à Grécia em segurança. Sinto saudade."

Saudade. Sim, eu também sentia saudade, embora, às vezes, eu ficasse tão triste que preferia não pensar nele nem em minha vida antes da guerra.

Será que algum dia eu veria Mohammed outra vez?

Já fazia quase dois anos que ele havia partido e eu tentei imaginar como estaria agora. Mais alto, mais sério, talvez nem gostasse mais de brincar.

Mas, quando o avião decolou e eu vi pela janela do avião aquele imenso mar azul lá embaixo, eu esqueci o futuro. Pensei apenas no menino que corria comigo no *souk*. Meu amigo querido num barco pequeno cercado de água, olhando o horizonte, esperando que a terra segura surgisse atrás das ondas. Então fechei os olhos e desejei, o mais profundo e forte que pude, que ele chegasse vivo ao outro lado.

● ● ●

Eram tantos prédios, tantas luzes, cores, carros, pessoas, que as imagens se misturavam na minha cabeça, criando um nó que eu demorei muito tempo para desatar. Nunca pensei que São Paulo fosse tão grande. Onde estariam aquelas florestas e praias que eu tinha visto quando digitei "Brasil" no computador da casa da minha tia?

No início, Brasil significou apenas o apartamento pequenininho, sem sacada, com um quarto, uma sala e uma janela voltada para o prédio ao lado. Meu pai tinha conseguido alugá-lo um dia antes e ainda não tinham instalado água nem energia elétrica. Havia duas camas arrumadas, algumas velas acesas e um vasinho de flor em cima da mesinha da cozinha.

E havia meu pai.

Naquela primeira noite, passamos horas abraçados, conversando. Ele contou que encontrou pessoas muito simpáticas, que a cidade era boa, mas cara, e que ele tinha que trabalhar muito em dois restaurantes para pagar o aluguel.

No dia seguinte, quando eu acordei, ele não estava mais em casa.

— Precisamos comprar comida e encontrar uma escola pra você — disse mamãe.

Comida e escola. Desde a hora em que pisei no Brasil, eu entendi que essas eram nossas prioridades. A primeira não foi difícil. Eu, mamãe e Naiara encontramos rápido o mercadinho que papai havia indicado na esquina. Havia maçãs e pêssegos, como os da Síria, e algumas frutas que eu não conhecia. Melancias, mangas, maracujás. Tinha também produtos de higiene, enlatados e um pequeno açougue. Minha mãe escolheu tudo com cuidado. Duas berinjelas, dois tomates, cebola, um pouco de carne moída, sal. Fez as contas na cabeça, contou o dinheiro.

No caixa, uma mulher morena, com os cabelos bem curtos, disse alguma coisa de forma distraída. Nenhuma resposta. Ela disse outra coisa, parecia uma frase diferente da primeira, mas tanto fazia porque não entendemos nada do mesmo jeito.

— *How much?* (Quanto custa?) — perguntou mamãe, uma das poucas frases que ela conhecia em inglês. Silêncio. A mulher de cabelos curtos olhou bem pra nós, coçou a cabeça e acho que entendeu porque começou a apontar as compras e mostrar os números na tela do computador.

Eu saí do mercadinho com a cabeça fervendo. Como eu ia estudar se não sabia uma palavra daquela língua?

Minha mãe não pareceu se importar muito com minhas dúvidas. Para tentar resolver a segunda prioridade, a escola, ela procurou ajuda na mesquita. Lá, um homem que falava árabe disse que deveríamos procurar a Secretaria de Educação, fazer inscrição, levar documentos e outras coisas. A secretaria era longe da mesquita, que já era longe de casa. Minha mãe precisava pegar os papéis, limpar a casa que estava cheia de pó por ter ficado fechada muito tempo, cozinhar, cuidar da Naiara.

— Vamos amanhã — ela disse.

Voltamos pra casa. Eu ajudei minha mãe a limpar e a cozinhar. Depois sentei no colchão e fiquei olhando para as letras no saco de papel que trouxemos do mercado. Eram as mesmas letras do inglês e eu me lembrava delas das aulas na Síria e no Líbano. Não devia ser tão difícil. E eu precisava aprender português muito rápido para poder estudar e ajudar meus pais a ganhar dinheiro.

Antes de dormir, vi a mensagem de Mohammed.

"A polícia turca nos encontrou. Tivemos que voltar. Mas não vamos desistir."

• • •

No fim das contas, minha mãe nem precisou ir até a Secretaria.

Na manhã seguinte, eu acordei com vozes de crianças embaixo da minha janela. Levantei rápido e olhei para fora. As meninas tinham mais ou menos a minha idade, usavam calças azuis, blusas brancas e levavam uma mochila nas costas. "Estão indo para a escola", pensei.

Se eu falasse português, talvez tentasse conversar com elas, perguntar aonde iam. Parecia lógico que a escola era perto, já que as meninas podiam ir caminhando. Então elas pararam e eu vi uma outra garota se aproximando do grupo. Era morena, alta e estava saindo do meu prédio!

Quando a menina voltou, eu estava sentada na escada, em frente à porta do nosso apartamento. Ela me viu ali, parou no degrau, e falou:

— Oi!

Eu respondi "Oi" e acho que essa foi a primeira palavra que falei em português.

As outras nem sei direito como aprendi. Eu e Ana Maria ficamos amigas bem rápido. O pai dela havia contado que os estrangeiros do prédio tinham uma menina, e ela queria muito me conhecer. Um pouco por palavras, muito por gestos, e com um monte de gargalhadas no meio, a gente foi se entendendo e, quanto mais a gente se entendia, mais eu aprendia.

Uns dias depois, minha mãe me deixou ir à escola com a Ana Maria. Cheguei lá com os documentos da Síria numa pasta embaixo do braço, repetindo na cabeça as palavras que minha amiga me ensinou no caminho.

— Quero... estudar... aqui — eu falei bem devagar para a moça que encontrei na diretoria.

Ela chamou a Regina, a professora de português, que falava também um pouco de inglês. Foi uma conversa meio maluca, uma salada de palavras de línguas diferentes, tudo misturado. Mas ela entendeu, conversou com a diretora, as duas ligaram para a Secretaria. No dia seguinte, eu voltei com caderno e caneta. Estava matriculada na escola.

● ● ●

Mas nem todos eram como Ana Maria.

Descobri isso logo no primeiro dia. Ela estudava em outra sala, e eu tive que me virar sozinha numa turma com quase 40 desconhecidos.

Antes de a aula começar, eles me cercaram. Uma menina perguntou meu nome.

— Layla.

— Você veio de onde?

— Síria.

Aquelas eram perguntas fáceis, eu tinha treinado um dia antes com Ana Maria. Mas eles continuaram, e o que veio depois eu não entendi. Falaram de novo, eu não entendi de novo.

Fiquei sentada na carteira, muda, enquanto as vozes se misturavam ao meu redor. Um menino loiro deu um grito que pareceu ser "Silêncio!", porque todo mundo ficou quieto. E começou a mexer as mãos. Apontou para mim, depois colocou uma mão na frente da outra, os polegares para cima, formando um L com o indicador.

—RATATATATATÁ.RATATATATATÁ.RATATATATATÁ.

Eu demorei um pouco para entender, não estava esperando aquilo. As mãos do menino formavam uma arma, uma metralhadora. Layla. Síria. Ratatatatatá. Ele ria, os outros riram. Alguns meninos imitaram o gesto. Era isso que meu país significava, era isso que eles viam em mim. Layla. Síria. Ratatatá.

Para eles, aquela arma imaginária era o resumo da minha história. Talvez fosse mesmo. Dentro da minha cabeça, eu ouvi de novo as explosões, o som dos mísseis, das metralhadoras. Vi minha cidade em pedaços, os corpos na rua, o horror. Tive vontade de correr, de gritar, de fugir dali. Mas para onde?

Passei o resto do dia, e os outros também, quieta no meu canto da sala. As meninas não insistiram mais e eu fui ficando cada vez mais sozinha.

Tentei me concentrar nas aulas. Matemática era mais fácil, que os números e as contas são os mesmos em qualquer lugar do mundo, mas algumas matérias, como História, eram mais complicadas.

Numa das aulas, a professora disse que os refugiados são pessoas que fogem de seu país por causa de guerras e

perseguições. Eles não escolhem sair, mas precisam ir embora para continuar vivendo. Pelo menos, foi o que eu entendi. "Então, eu sou uma refugiada", pensei. Mas não disse nada.

A professora falava sem parar. Palavras conhecidas e desconhecidas foram se juntando até formar um bolo gigante em minha mente, a cabeça começou a latejar. Para não sufocar, eu olhei para a parede. Era lisa e branca, diferente das paredes de pedra da minha escola de Alepo.

A janela ao meu lado era grande e estava aberta. Olhei para fora e vi um parque com crianças brincando. Elas corriam do escorregador para o balanço, falavam, riam. Lembrei de Zahara, Mohammed, Amani, Raissa, das nossas brincadeiras nos dias quentes como aquele. Eles falavam a minha língua, eles me entendiam, gostavam de mim.

As crianças do parque, os alunos da minha sala, a professora. Todos pareciam naturais, integrados, felizes. Eles estavam no lugar certo.

E nós, onde era o nosso lugar?

· · ·

Quando cheguei em casa, meu prato com pão e molho de tomate com quiabo estava na mesa e mamãe me esperava na porta.

– Cuide de Naiara. Não abra a porta para ninguém. Vou procurar trabalho – ela disse.

Nós precisávamos de dinheiro, eu sabia. Papai saía de madrugada e voltava do trabalho depois que eu já estava dormindo. Na Síria, ele trabalhava como engenheiro. Mas o que ele ganhava nos restaurantes era pouco para nos manter e mamãe não conseguia mais ir ao mercadinho. A comida na cozinha e no meu prato tinham vindo da mesquita. A caixa com as doações permanecia sobre a pia.

Pela janela, acompanhamos os passos de mamãe na rua, até que ela virou a esquina. Então, Naiara enlouqueceu. Ela sempre ficava bem comigo, mas naquele dia queria ir com mamãe de qualquer jeito. Começou a berrar, a esmurrar a porta. Eu tentei segurá-la e levei um chute na canela. Quanto mais eu segurava, mais ela gritava e se debatia. Puxou meu cabelo, me bateu. Até que senti os dentes dela entrarem como uma faca na minha pele. A dor era forte demais e empurrei minha irmã para longe. Ela caiu no tapete e ficou lá, imóvel, chorando baixo.

Eu me senti mal. Que espécie de irmã eu era? Uma bem ruim, isso sim. Deitei ao lado de Naiara no tapete. Comecei a soluçar, meu corpo tremia. Eu tinha um teto. Eu tinha a comida da mesquita. Escola. Eu tinha mamãe, papai e minha irmã. O que mais eu queria?

— Está tudo bem, está tudo bem... — eu murmurei para Naiara. Ela se aninhou em mim, o rosto molhado, o corpinho mole de tanto lutar. Eu enxuguei minhas lágrimas e segurei o choro. Não, eu não tinha esse direito.

— Essas crianças sofreram muito na guerra... — as palavras de mamãe ecoaram de novo na minha cabeça.

Ficamos assim, abraçadas no tapete, por muito tempo. Quando ela dormiu, peguei-a no colo e a coloquei no sofá.

Lavei meu prato e peguei o material da escola. Eu precisava fazer a lição de casa, ou pelo menos tentar. Quando mamãe chegou, eu copiava com cuidado as palavras em português.

Nem precisei perguntar. Mamãe jogou a bolsa na mesa e se jogou na cadeira, exausta.

— Não tem trabalho pra mim. Na agência, disseram que eu tenho que fazer um curso primeiro, para aprender português.

Ela pôs os cotovelos na mesa, as mãos na cabeça. Ficou um tempo assim, quieta, olhando para baixo. Depois virou pra mim:

— O que eu posso fazer? O que eu posso fazer, Layla?

Sem pensar, eu respondi.

— Você pode cozinhar.

• • •

A ideia não era minha e também não era nova. Na mesquita, quando fomos buscar as doações, eu havia conversado com duas irmãs, filhas de refugiados. Elas me contaram que os pais estavam cozinhando para fora.

— Os brasileiros gostam de comida árabe — elas me disseram.

Era verdade. Os dois restaurantes em que meu pai trabalhava como ajudante de cozinha serviam comida árabe e, pelo que ele dizia, tinham sempre muito movimento. Mas foi Ana Maria, ao experimentar uma *esfiha* feita por minha mãe alguns dias antes, que disse com todas as letras:

— Por que sua mãe não faz essas *esfihas* para vender? Elas são muito, muito boas!

Na hora, a sugestão da Ana Maria pareceu um pouco estranha. Minha mãe era professora e sempre cozinhou apenas para a família. Mas agora, vendo a preocupação dela, a ideia me pareceu boa. E era a única que eu tinha.

Mamãe ergueu os olhos.

— Quem sabe? — ela disse. E como a resposta não era um "não", eu senti como se fosse um "sim" e fiquei animada.

— Eu posso ajudar a fazer. E também posso vender para os vizinhos.

Não sei como mamãe fez para conseguir os ingredientes tão rápido, mas, no dia seguinte, quando cheguei da escola, havia duas fôrmas de *esfihas* quentinhas sobre o fogão. Eu comi duas e coloquei as outras numa caixa de papelão.

A primeira porta em que eu bati foi a da Ana Maria. A mãe dela me convidou para entrar. Eu entrei. Ela pediu para eu me sentar, ofereceu um copo de limonada e perguntou como minha mãe estava, falando bem devagar para eu entender direito.

— Bem — eu disse.

Ela sorriu e olhou as *esfihas*. Escolheu duas de carne e duas de queijo. Perguntou:

— Quanto é? — e me deu o dinheiro direitinho. Eu coloquei no bolso da saia. — Ana Maria disse que as *esfihas* da sua mãe são muito boas — ela disse, ou foi isso que eu entendi.

Ana Maria logo mordeu uma *esfiha* de carne.

— Hummmm... — fez com a boca cheia. Depois me levou até a porta e me deu um beijo. — Volte depois.

Eu fiquei ali parada, no corredor, com a caixa de *esfihas* nas mãos. Nem acreditava. Respirei fundo e bati na porta ao lado. Era a casa de uma senhora idosa, que costumava ficar muito tempo na janela. Eu sempre a via quando saía para a escola. Destampei a caixa, falei devagar:

— Quer *esfihas*? Tem de carne e de queijo.

Ela olhou, interessada.

— Parecem boas. Quero uma, de queijo.

Quando eu cheguei ao último andar, a caixa estava vazia. Eu voei de volta, saltando os degraus de dois em dois, e entrei correndo em casa. Minha mãe dava banho na Naiara. Eu estava feliz, mas tão feliz, que nem conseguia falar direito. Só tirei o bolinho de notas do bolso e estendi para ela.

— Consegui — falei, ofegante.

Ela sorriu.

— Que bom!

Eu sorri também. Sim, eu tinha levado dinheiro para casa.

● ● ●

Depois daquela primeira caixa, vieram muitas outras. Mamãe começou a fazer também *esfihas* de queijo e de *zaatar*, uma mistura de tomilho, orégano, manjerona, gergelim torrado e outros temperos moídos, que usamos muito no café da manhã. Preparava também potes de *homus e babaganoush*, pastas bem macias feitas com grão de bico e berinjela.

Depois da escola, nós saíamos para vender tudo na nossa rua para os vizinhos e para os funcionários das lojas. Eu sempre ia junto com mamãe porque falava melhor o português. Logo, estávamos entregando encomendas no bairro todo.

Algumas semanas depois, papai deixou um dos empregos para ajudar a distribuir as *esfihas* e pastas em bares e lanchonetes em outras regiões da cidade. Foi bom. Ele chegava em casa mais cedo com os ingredientes e ajudava mamãe a preparar a massa para o dia seguinte. Depois das tarefas, eu ia para a cozinha com eles.

Numa noite, eu estava recheando as *esfihas* de carne e uma mensagem entrou no celular. Era de Mohammed. Eu lavei as mãos rápido e abri.

"Conseguimos, Layla. Atravessamos o mar e estamos na Grécia."

Eu nem acreditei. Naquele dia, quando ia para a escola, eu passei pela banca e vi a foto de um menino sírio na capa do jornal. Ele estava deitado numa praia. Parei para ler e descobri que ele tinha morrido afogado quando a família tentava chegar à Europa. A imagem do garotinho, de *shorts* e camiseta, com a cabecinha na areia, me lembrou Mohammed.

Na mensagem, ele explicou.

"Foi muito difícil. No meio da madrugada, o vento virou e as ondas ficaram muito altas. O barco subia e depois caía com força. A água entrava por todos os lados. Ficamos encharcados, com muito frio. Por causa do mar agitado, tiveram que desligar o motor e ficamos um tempão à deriva, no escuro. Horas depois conseguimos ligar o motor e chegamos à terra firme. Mas o outro barco, que saiu junto com o nosso, virou. Ouvimos os gritos das pessoas na água, mas não dava para ajudar. Não cabia mais ninguém no nosso bote. Tinha muitas crianças naquele barco, Layla. Não sei o que aconteceu com elas."

Eu fiquei feliz por ele, mas também triste pelos outros, os que não tinham conseguido terminar a travessia. Não falei nada sobre o menino na praia.

"Onde vocês estão agora, Mohammed?", escrevi.

"Acampamos num posto de gasolina perto de Atenas. Tentaram nos levar para um campo de refugiados, mas papai não quis. Disse que as condições são muito ruins. Precisamos de um lugar definitivo. Amanhã, seguiremos para a Alemanha. Enviarei notícias. Beijo."

Eu fui dormir pensando em Mohammed, no menino morto, nos meus amigos que tinham fugido, em Zahara, que continuava em Alepo, na guerra que nunca acabava.

Acordei com meus próprios gritos, de madrugada. Eu suava, o coração batia acelerado. Parecia que eu ainda estava lá, em nossa casa da Síria, em meu antigo quarto, as bombas explodindo lá fora.

Acendi a luz e olhei para a escrivaninha. Vi a conchinha de Lataquia, meus amigos sorrindo na foto, e tentei pensar que, de alguma forma, eles estavam bem.

• • •

Nas semanas seguintes, as mensagens de Mohammed continuaram chegando. Da Macedônia, da Sérvia, da fronteira com a Hungria. "A fronteira está fechada, o governo proibiu a entrada dos sírios. Estamos seguindo a pé para a Croácia." – ele escreveu.

Enquanto Mohammed percorria a Europa a pé, de ônibus e de trem, Zahara tentava sobreviver em Alepo.

"Está cada vez mais difícil, Layla. Explodiram minha casa. Estamos vivendo com outras famílias no porão de uma escola."

Ela também me contou que a situação estava cada vez mais confusa na Síria.

"Há mais de mil grupos armados de oposição. Eles recebem armas e apoio dos Estados Unidos, da Turquia, da Arábia Saudita, do Kwait. O governo tem ajuda dos libaneses, do Irã e, agora, da Rússia. Todos dizem lutar contra o Estado Islâmico, mas querem destruir o outro lado no caminho. Parece que o mundo inteiro defende seus interesses aqui. Ninguém está preocupado com a gente."

● ● ●

Eu estava longe do inferno na Síria e isso era bom. Podia ir à escola tranquila. Não via bombas caindo do céu, pessoas machucadas nem soldados atirando. Tínhamos luz, água e sinal de internet todos os dias. E também comida, roupas e uma casa pequena, mas segura. Mas também tinha meus próprios desafios para superar.

Na escola, eu não ficava mais calada. Acho que comecei a entender o português bem rápido de tanto prestar atenção no que os professores e os outros diziam. Falar direito demorou um pouco mais. Eu dizia "o lua", "a sol", e todo mundo achava engraçado. Mas agora já consigo usar as palavras certas quase sempre e converso bem em português.

Cassiana Pizaia

Sou jornalista por profissão, escritora de coração e inquieta por natureza. Fui produtora, editora e repórter de TV. Pela Editora do Brasil, publiquei, em coautoria, a coleção Crianças na Rede. Também produzo documentários e escrevo sobre viagens, livros e ideias em meu *blog*: <www.aos4ventos.com.br>.

Rima Awada Zahra

Sou psicóloga, especialista em Psicologia Clínica. Tenho experiência de atuação com crianças, adolescentes, famílias e refugiados. Sou colaboradora do Núcleo de Psicologia e Migrações do CRP-PR. Atuo na área de direitos humanos, com ênfase em saúde mental. Sou coautora da coleção Crianças na Rede.

Rosi Vilas Boas

Sou bibliotecária e especialista em Educação. Atuei em bibliotecas escolares, fui produtora de conteúdo digital em portais de educação e sou coautora da coleção Crianças na Rede. Há mais de 40 anos atuo na defesa dos direitos humanos, pela autonomia dos povos e pela paz e solidariedade entre as nações.

Veridiana Scarpelli

Nasci, moro e trabalho em São Paulo. Formada em Arquitetura, dei várias voltas até entender que na ilustração estava meu lugar. Isso foi lá em 2007. Desde então, ilustro jornais, revistas e livros. Ilustrar a história da Layla e sua família me deixou com o coração apertadinho no peito. Fiz cada desenho com vontade de abraçá-la, dizendo "vai ficar tudo bem, Layla".

Este livro foi composto com a
família tipográfica The Serif, para
a Editora do Brasil, em 2018.